MONGÓLIA

Obras do autor publicadas pela Companhia das Letras

Aberração
Os bêbados e os sonâmbulos
O filho da mãe
As iniciais
Medo de Sade
Mongólia
Nove noites
Onze
Reprodução
Simpatia pelo demônio
O sol se põe em São Paulo
Teatro

BERNARDO CARVALHO

Mongólia
Romance

7ª *reimpressão*

Copyright © 2003 by Bernardo Carvalho

Capa
Silvia Ribeiro

Fotos de capa
Bernardo Carvalho (*embaixo:* Naadam em Karakorum; *em cima:* Mongol Els,
Gobi-Altai *quarta capa:* Templo budista em Tsetserleg)

Foto de orelha
O autor em Tsambagarav, de G. Alzakhgui

Mapa
Marcos Ribeiro

Revisão
Carmem S. da Costa
Otacílio Nunes

Dados Internacionais de Catalogação na Publicação (CIP)
(Câmara Brasileira do Livro, SP, Brasil)

Carvalho, Bernardo
  Mongólia : romance / Bernardo Carvalho ; — 1ª ed. — São Paulo
: Companhia das Letras, 2003.

  ISBN 978-85-359-0422-2

  1. Romance brasileiro I. Título

03-5173   CDD-869.93

Índice para catálogo sistemático:
1. Romances : Literatura brasileira 869.93

[2017]
Todos os direitos desta edição reservados à
EDITORA SCHWARCZ S.A.
Rua Bandeira Paulista, 702, cj. 32
04532-002 — São Paulo — SP
Telefone: (11) 3707-3500
www.companhiadasletras.com.br
www.blogdacompanhia.com.br
facebook.com/companhiadasletras
instagram.com/companhiadasletras
twitter.com/cialetras

... como são vãos os seus esforços; continua a forçar a passagem pelos aposentos do palácio mais interior; nunca conseguirá vencê-los; e mesmo se o conseguisse, ainda assim nada teria alcançado; teria que lutar para descer as escadas; e se o conseguisse, nada teria alcançado; ainda teria os pátios para atravessar; e depois dos pátios o segundo palácio que os circunda; e outra vez escadas e pátios; e mais um palácio; e assim por diante, por milênios...

Franz Kafka, "Uma mensagem do imperador"

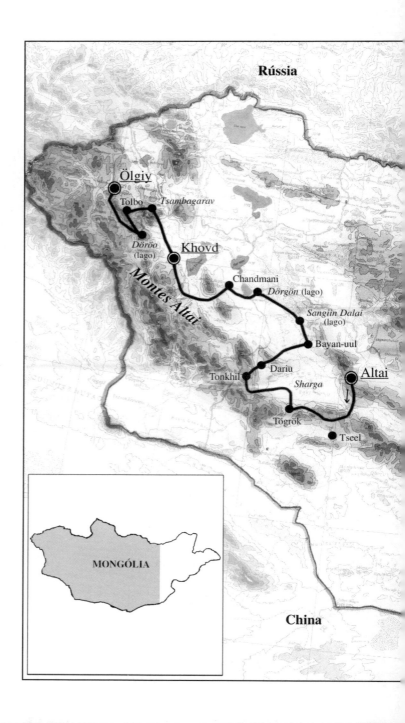

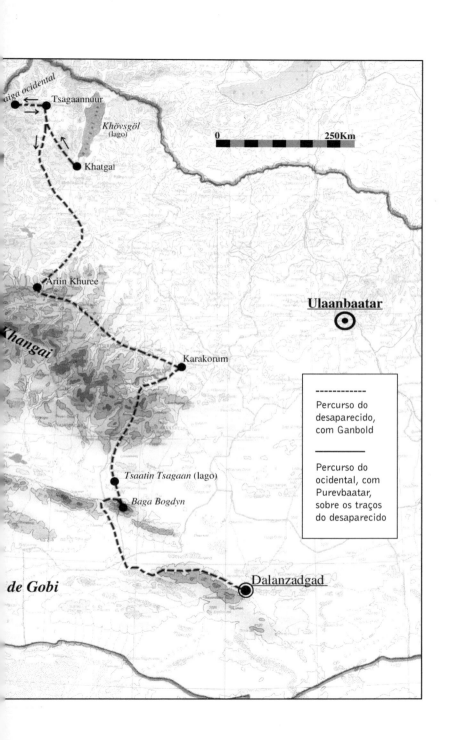

1. Pequim — Ulaanbaatar

Foi chamado de Ocidental por nômades que não conseguiam dizer o seu nome quando viajou pelos confins da Mongólia. Fazia tempo que eu não ouvia falar dele, até ler a reportagem no jornal. Voltou da China há cinco anos e largou a carreira diplomática. Sua volta intempestiva coincidiu com a eclosão da crise da pneumonia atípica na Ásia, o que pode ter servido de explicação para alguns, mas não para mim. O jornal diz que ele morreu num tiroteio entre a polícia e uma quadrilha de seqüestradores, quando ia pagar o resgate do filho menor no morro do Pavãozinho. Pela idade do garoto, só pode ser o que nasceu em Xangai, logo antes de voltarem para o Brasil, quando ele decidiu mudar de vida sem dar satisfações a ninguém. Ao que parece, também saiu de casa em sigilo, terça-feira de manhã, para pagar o resgate. Não avisou ninguém, muito menos a polícia. Seguiu à risca as ordens dos seqüestradores. Os policiais o seguiram assim mesmo, sem que ele percebesse. O menino foi salvo, mas ele morreu no local. Tinha quarenta e dois anos. Ninguém vai ser responsabilizado, é claro. A polícia alega que ele foi imprudente. Liguei para um diplomata do Itamaraty que vive em Varsóvia e que o conhecia desde pequeno. Eram amigos de infância. Estava muito abalado. Decidira pegar o primeiro avião para o Brasil, que partia de Frankfurt naquela mesma noite. Estava de saída para o aeroporto. Não tinha tempo para falar comigo. Do que ouviu de amigos comuns, parece que a polícia estava envolvida no seqüestro. Ele teria tentado negociar diretamente com os seqüestradores, e os policiais, que acompanhavam seus passos e os dos bandidos por meio de escutas telefônicas, decidiram se vingar. O enterro foi na manhã seguinte. Quando li a notícia, já tinha perdido a hora. Desde que me aposentei, não tenho hora para acordar. No começo, ainda saía de manhã para uma caminhada na praia ou na Lagoa, antes de ler os jornais. Tentava criar uma rotina. Na véspera do último Natal, só tive tempo de ouvir uma freada brusca e um baque surdo antes de me virar e ainda ver uma menina de cinco anos, de biquíni branco, filha de uma daquelas famílias de mendigos ou de gente do subúrbio que vêm à praia nos fins de semana e se aboletam à sombra dos coqueiros nos canteiros centrais da avenida, a dar voltas no ar, depois de ter sido atingida em cheio por um carro em alta velocidade, para acabar estatelada no chão, inerte, debaixo dos olhos aterrados dos banhistas, do motorista e da própria mãe. Deve ter pulado para o asfalto pensando que era domingo, quando a avenida fica fechada ao tráfego. Deve ter agido por associação de idéias, porque domingo era o dia em que costumava vir à praia com a mãe. O problema é que não era domingo, embora parecesse; era véspera de Natal. Podia ter acontecido em qualquer lugar, em qualquer cidade, era o que eu seguia repetindo para mim mesmo, tentando me convencer, quando deparei, cem metros adiante, com um grupo de curiosos e policiais que cercava uma caminhonete dessas que fazem lotação, entupidas de gente, entre São Conrado e Copacabana. Havia uma poça de sangue no asfalto. Um banhista a quem perguntei o que tinha acontecido respondeu incontinente: "O tio tá pensando que é só peru que morre esturricado no Natal?". O membro de uma quadrilha tinha "apagado" o de outra, em plena luz do dia, na praia, na frente de todo mundo. O corpo estava dentro do lotação vazio. Aonde é que eu vim morrer? Sei que não vi nada se comparado com o resto, mas já não tenho vontade de sair. E, fora os netos, que aparecem raramente e de hábito sem avisar, não recebo mais ninguém. Não me resta muito a fazer senão protelar mais uma vez o projeto de escritor que venho adiando desde que entrei para o Itamaraty aos vinte e cinco anos, sendo que agora, aos sessenta e nove, já não tenho nem mesmo a desculpa esfarrapada das obrigações do trabalho ou o pudor de me ver comparado com os verdadeiros escritores. A literatura já não tem importância. Bastaria começar a escrever. Ninguém vai prestar atenção no que eu faço. Já não tenho nenhuma desculpa para a mais simples e evidente falta de vontade e de talento. O fato é que a notícia da sua morte me deixou ainda mais prostrado. Foi uma razão a mais para não sair. Não sou um homem especialmente corajoso, e os anos foram me deixando cada vez menos. Em princípio, ele também não era de correr riscos. Mas, ao contrário do que acontecia comigo, a impaciência e o destino o impeliam irremediavelmente na direção do perigo. Foi pensando nisso que, de repente, lembrei que ainda deviam estar comigo as coisas que ele tinha deixado na embaixada de Pequim antes de voltar para Xangai e retomar as funções de vice-cônsul, não por muito tempo. Podia ter seguido uma carreira brilhante, porque era um homem inteligente e ambicioso, mais ambicioso do que eu, pelo menos, mas também não era um sujeito fácil. Não era talhado para obedecer a ordens ou deixar de dizer o que pensava por respeito à hierarquia. Tinha escolhido a profissão errada. E eu sabia bem o que era isso. Era provável que, ao voltar para Xangai, já estivesse decidido a abandonar a carreira, que largou um ano depois, de repente e para espanto de todo mundo, menos meu. Não tenho dúvidas de que tive um papel determinante na decisão. Ele ficou pouco tempo sob as minhas ordens, mas o bastante para ser posto à prova do equívoco de ter se tornado um diplomata. Procurei ajudá-lo como pude, reconhecia nele alguma coisa de mim, achava que ainda era tempo de salvá-lo, mas até a minha paciência tinha limites. Faltavam dois anos para me aposentar. Cometi muitos erros na vida. Abandonei projetos pessoais pela segurança e pela comodidade que o Itamaraty me dava, não sem levar em troca parte da minha alma. Não tive coragem de assumir compromissos, não me arrisquei, e acabei só. Se pelo menos ainda pudesse me orgulhar de uma carreira de destaque, mas nem isso. Naquela época, o embaixador passava por um momento difícil, enfrentava problemas pessoais que o levaram a deixar a China por uns meses. Eu tive que assumir a embaixada, o cônsul teve que ser deslocado, passou a exercer as minhas antigas funções, e com isso só restou convocar o vice-cônsul em Xangai para assumir o consulado em Pequim. Também não era um momento fácil para ele. Acabava de chegar. A mulher grávida e o filho de dois anos ficaram no Brasil, até que ele arrumasse uma casa e se instalasse. A transferência temporária para Pequim, para substituir o cônsul numa emergência, só dificultava as coisas, deixando a sua vida ainda por mais tempo no ar. Eu não tinha opção. Não dispunha de funcionários. Já estava separado da minha segunda mulher — fazia um ano que ela decidira voltar para o Brasil, para viver com o embaixador francês, como eu acabaria descobrindo — e já não tinha a mesma disposição para as recepções ou para as obrigações sociais, mas ainda assim me desdobrei como pude para tornar a permanência dele em Pequim o mais agradável possível, levando em conta todas as circunstâncias, é claro, e até que estávamos nos entendendo bem, quando, no final da segunda semana, tivemos o primeiro atrito (de resto, a meu ver, foram discussões sem gravidade), que me irritou tanto mais por eu desconhecer as razões que ele não podia me dar. Me pareceu gratuito, um mero capricho, que se recusasse a acatar uma instrução expressa e extraordinária do Itamaraty. Só ao deparar com a notícia da morte dele, mais de seis anos depois do incidente, quando de repente me lembrei dos papéis que ainda deviam estar comigo, e depois de começar a lê-los, é que me passou pela cabeça que talvez ele não os tivesse esquecido antes de voltar para Xangai, mas que os tivesse deixado de propósito, para mim, como uma explicação. Se eu não os lera até então, era menos por falta de curiosidade do que por estar cheio dele na época. Não queria mais ouvir falar nele. No fundo, sempre achei que fossem documentos sem importância. Tanto que os enfiei numa pasta e os mandei de volta para o Brasil com o resto da mudança, sem nem ao menos saber do que tratavam.

Fui até a despensa do apartamento, onde, no lugar das provisões, mantenho amontoados os arquivos mortos e as tralhas inúteis que me sobraram de tantas viagens e mudanças, e passei horas à procura da pasta em que devia ter metido aqueles papéis, que encontrara por acaso entre as minhas coisas na embaixada, quando arrumava as malas antes de deixar Pequim, há quatro anos. Também não sei o quanto de inconsciência houve no fato de ter esquecido de lhe devolver a pasta ao chegar ao Brasil. Nunca o procurei. No começo, adiei ligar, evitei reencontrá-lo, não tinha nenhuma vontade de revê-lo, até que acabei esquecendo. São papéis que nunca pensei em ler e de cuja existência já não lembrava, guardados em meio a tudo o que não me serve, no fundo de uma despensa. Achei-os no final da tarde, depois de horas abrindo e fechando caixas empoeiradas. Ainda estavam na mesma pasta verde-clara em cuja capa eu tinha escrito o nome dele.

O que aconteceu em Pequim foi inesperado. Mas é lógico que, se ele tivesse me dito, eu não teria insistido. Virei a noite a ler os papéis, na verdade um diário que ele escreveu na forma de uma longa carta à mulher no Brasil, e que nunca enviou. E foi só então que toda a história se esclareceu aos meus olhos. A instrução vinha de Brasília. Um velho empresário, inválido e viúvo, com evidente influência nos bastidores do poder, estava desesperado com o desaparecimento do único filho fazia meses, na Mongólia, e tinha pedido ao Itamaraty que tomasse as devidas providências e o ajudasse a encontrá-lo. A instrução que recebi era inequívoca. Vinha do gabinete da Presidência. O embaixador me telefonou do Rio para confirmar que eu havia entendido a prioridade daquela missão. Tínhamos que mandar alguém à procura do rapaz. Por razões que não estavam explícitas e que a nós não cabia discutir, não queriam que as autoridades mongóis fossem avisadas, pelo menos num primeiro momento. Não queriam que se configurasse uma missão oficial. Não sei do que podiam desconfiar nem do que estavam se precavendo. O fato é que o enviado teria que agir como investigador sob o disfarce de simples turista, já que não tínhamos representação diplomática na Mongólia. Conversei com o vice-cônsul durante o almoço num restaurante que costumávamos freqüentar, em Ritan, rodeados de russos e outros diplomatas, à beira do parque. Expus o caso, disse que era urgente e extraordinário, e ele se mostrou receptivo, me tranqüilizou, não tinha o menor problema. Não parecia constrangido com o caráter anormal da missão. Iria à Mongólia. Perguntou o nome do rapaz. Eu não lembrava. Disse-lhe que deixaria o dossiê completo na sala dele. Não era muita coisa, alguma correspondência entre o pai do desaparecido e o Itamaraty, o nome e o telefone do guia mongol que havia acompanhado o rapaz em sua viagem e com quem já tínhamos feito um primeiro contato por telefone, e uma fotografia — aliás, com aquela aura de mistério que os retratos dos desaparecidos costumam adquirir sem que no fundo haja mistério nenhum. Voltei à embaixada sozinho. Ele tinha alguma coisa para comprar em Yabaolu, se não me engano, antes de retomar o trabalho depois do almoço. Pedi à secretária que deixasse na mesa dele tudo o que tínhamos recebido sobre o caso e fui resolver outros problemas. No meio da tarde, ele foi à minha sala, com a expressão transtornada e o dossiê na mão. Eu estava no telefone. Pedi que entrasse e sentasse. Ele estava nervoso. Não conseguia parar quieto. Achei que tinha acontecido alguma coisa terrível. Alguma coisa com a família no Brasil. Me preparei para o pior. Quando desliguei, ele me encarou e disse que não podia cumprir a missão, pedia desculpas, mas não estava em condições de ir à Mongólia. Respirei fundo. Me avisaram que ele não era fácil, mas até então tudo tinha corrido bem. Eu já estava começando a supor que eram intrigas de desafetos do Itamaraty. Até que achava graça nas nossas rusgas intelectuais. Mas aquilo foi mais do que uma decepção. O assunto era sério e excepcional. Ele não estava entendendo. Tentei ser paciente. Perguntei o que era, o que tinha mudado. Ele balançava a cabeça. Estava alterado. Disse que não era nada. Era ele. Não podia ir. E foi quando estourei. Ou melhor, quando decidi não argumentar. Pessoas como eu não estouram. É preciso entender que a sua recusa e a sua volatilidade me pareceram um capricho neurótico. E a presunção de que eu pudesse dispensá-lo sem que me desse nenhum motivo razoável, simplesmente porque já não queria ir, porque tinha mudado de idéia, por alguma razão subjetiva que me parecia tanto mais frívola por ele não querer revelá-la, me deixou fora de mim. Eu já estava bastante nervoso com toda a responsabilidade de substituir o embaixador, vinha me esforçando para tornar a estada dele em Pequim o menos desagradável possível, e aquela mudança repentina de atitude me soou como uma traição, ou pelo menos como uma falta de reconhecimento e de gratidão pelo meu empenho. Fiquei louco, mas me comportei como um diplomata diante de uma contrariedade. É uma técnica que se aprende com o tempo e na convivência com os superiores. Fingi que não tinha ouvido. Repeti a instrução. Não perguntei mais por que ele não podia ir. Repeti a instrução — ele embarcaria em dois dias — e pedi que se retirasse, eu tinha outros assuntos a resolver.

O diário que ele começou a escrever dias antes do nosso confronto, uma semana depois de ter chegado a Pequim, mostra que já não estava em forma. Encarnava o antípoda. Aquela era uma coincidência infeliz. Era a sua primeira vez na Ásia. Tinha aceitado o posto de vice-cônsul em Xangai para fugir do círculo do poder, para ficar longe de tudo o que mais detestava naquela carreira. Tinha simpatizado com Xangai, com o caos e as contradições da cidade que chamava de puta na carta-diário endereçada em princípio à mulher no Brasil mas que nunca enviou e que agora suspeito ter sido dirigida a mim, pelo menos a partir do instante em que entendeu que não podia recusar a missão, quando o obriguei a ir à Mongólia. Desde que pusera os pés em Pequim, a cidade lhe parecera opressiva e irreal, outra capital do poder, como Brasília ou Washington, que era justamente do que ele vinha tentando escapar. Sofria de irrealidade. Era mais um pesadelo:

UM PALÁCIO NO DESERTO

1º de junho. Faz uma semana que estou aqui. Uma bruma baixa cobre a cidade, faz um calor opressivo. Tem sido assim desde que cheguei. Como em Xangai. Mas, ao contrário do que acontece em Xangai, a escala arquitetônica aqui é inumana. Pequim é uma cidade de extremos. O caos vem sendo varrido há décadas para fora da cidade. Xangai foi em grande parte construída por estrangeiros, para o bem-estar dos estrangeiros, que por sua vez tratavam os chineses como animais e os baniam do seu campo de visão, e com isso só acirravam as contradições que lá permanecem até hoje nos traços da urbanização. É uma cidade terrível, mas ironicamente mais humana do que Pequim. Em Xangai, ao lado da miséria, do crime e da opressão, foram erigidos lugares idiossincráticos, deslumbrantes, aconchegantes, protegidos para o privilégio de ricos e colonos; são casas, clubes, hotéis, vilas, parques e ruas arborizadas que de alguma forma constituem o espírito de uma cidade colonial, explorada, expropriada, usurpada e puta. As casas que hoje não se tornaram museus foram ocupadas por famílias chinesas, e muitas se transformaram em cortiços. Numa dessas belas casas burguesas, na Concessão Francesa, enquanto os estrangeiros se encontravam em luxuosas recepções ali ao lado, Chu En-Lai planejava com seus camaradas a revolução comunista. A convivência entre o conflito, o confronto e a diferença, nem que fosse clandestina, fez de Xangai uma cidade cheia de desigualdades, mas viva. Em Pequim, ao contrário, tentam banir há décadas, provavelmente há séculos, todas as contradições para fora da capital. São grandes espaços, esplanadas e avenidas para cidadãos subjugados e obedientes, ao lado dos últimos resquícios dos velhos hutongs, aglomerações caóticas e labirínticas, favelas de alvenaria e pedra baseadas na antiga disposição dos acampamentos mongóis. Os parques são como ilhas confinadas entre grandes avenidas. Na verdade, são prisões. Os edifícios espalhados, vistos de longe, são como torres de uma cidade de ficção científica, um mundo ao mesmo tempo futurista e decadente, sob a opressão das nuvens de poeira e da névoa que, tornando a luz do sol difusa e tênue, fazem do horizonte uma miragem, um desejo cego para quem quer escapar deste lugar sem saídas, um lugar que tenta ser asséptico, em vão, apesar de toda a sujeira mais atávica e dos odores mais variados e fétidos que volta e meia sobem ao nariz. A arquitetura monumental das portas dos antigos muros da cidade e do seu núcleo, a Cidade Proibida, oprime o ser humano pela grandiosidade, reduzindo-o à insignificância. É uma arquitetura avassaladora, ao mesmo tempo majestosa e inóspita, como um palácio que tivesse sido construído no meio do deserto só para impressionar quem passasse por ali morrendo de sede e tentando evitar as miragens. Os espaços enormes e as esplanadas esvaziadas de árvores ou vegetação são as bases de uma cidade concebida segundo a idéia do labirinto (uma muralha após a outra): mesmo quando não há nada erguido, nenhuma construção, é difícil avançar, como se um peso obrigasse à imobilidade, como se qualquer movimento levasse ao descaminho. Pequim é a materialização arquitetônica da sensação labiríntica dos desertos. Quando não há paredes e muros a serem transpostos, são espaços imensos que fazem o homem pensar duas vezes antes de dar o primeiro passo. A idéia da muralha, e de um muro após o outro, que tanto fascinou Kafka e Borges, está representada na planta baixa da capital, mesmo quando já não há construções, mesmo onde os edifícios e os velhos hutongs foram derrubados para dar lugar às largas avenidas e esplanadas vazias e à aparência de uma paisagem suburbana. A idéia do labirinto está entranhada até nos subterrâneos da cidade. Não há como escapar. Como se o labirinto tivesse contaminado a própria geografia: está no chão, no solo, e permanecerá neste lugar mesmo que algum dia não haja mais cidade. O labirinto é o vazio. Pequim é uma cidade feita para não deixar entrar e que acaba por não deixar sair. Uma cidade concebida pela ótica obsessiva da defesa, a despeito de todo e qualquer bem-estar dos cidadãos. Só o interior mais íntimo da Cidade Proibida procura ser apra-

zível. O prazer, escondido, protegido, proibido aos comuns, guardado a sete chaves, é também a prisão e o mais completo isolamento de quem o desfruta. O privilégio fica no centro do labirinto. Um espaço exíguo. De tanto proteger a si e ao prazer contra as ameaças exteriores, o imperador passa a ser o seu refém.

Há um palácio dentro da Cidade Proibida que me impressionou ainda mais que os outros, e você é a única pessoa no mundo que pode entender do que estou falando. Chama-se Palácio da Pureza Celestial. Transcrevo o texto explicativo na entrada: "Durante o reino do imperador Yongzheng (que só chegou ao poder por meio de um golpe de Estado na linha sucessória — os parênteses são meus, é claro), o príncipe-herdeiro passou a ser selecionado por uma via secreta — o imperador, temendo as traições e os golpes de Estado (de que ele próprio havia se beneficiado), decidiu pôr numa caixa o seu testamento com o nome do filho que o sucederia e a escondeu atrás da tábua horizontal acima do trono imperial neste palácio. A caixa deveria ser aberta apenas quando o imperador morresse". Você pode imaginar todas as intrigas que isso provocava, sob o pretexto de impedir os golpes de Estado?

Em busca de um pouco de ar, aluguei uma bicicleta e fui visitar os hutongs *ao longo do lago Houhai. Em vão. São igualmente opressivos e fedorentos neste calor, e devem ser inabitáveis no frio do inverno. Alguém poderia chegar ao cúmulo de defender a teoria de que os* hutongs *são uma resistência, também labiríntica, ao poder e à sua representação nas largas avenidas e esplanadas, mas seria um ponto de vista tolo e superficial. O principal é que não há prazer ou alívio em lugar nenhum. Tudo ou é demasiado aberto ou confinado demais. Não há meio-termo.*

Foi sinistra a impressão de me ver chamado de tolo e superficial por um morto, me reconhecer já no início do diário de um homem assassinado na véspera, quando tentava salvar o filho, me deixando como herança a consciência da minha incompreensão e insensibilidade. Graças ao diário, entendi por fim que não entendera nada seis anos atrás. Tínhamos discutido sobre Pequim na semana em que ele chegou, e eu vi no que em princípio havia escrito à mulher os traços das reações aos meus argumentos. Quando começou a atacar Pequim, eu lhe perguntei se não percebia a riqueza do confronto que se manifestava na arquitetura da cidade. Os *hutongs*, criados à imagem caótica dos acampamentos mongóis, eram para mim uma reação natural ao poder, eram labirintos cuja força o poder comunista tentava destruir, ao abrir grandes espaços e avenidas. Era tão óbvio. Os *hutongs* eram uma reação à visibilidade total e às formas da opressão expressas desde a Cidade Proibida até o projeto urbanístico comunista. Fui eu que lhe perguntei se ele não via que o que estava em jogo era uma dinâmica espontânea de resistência ao poder centralizado. É lógico que o poder centralizado estava ganhando, mas as coisas não eram tão simples quanto ele as queria ver. Só agora, depois de terminar de ler o diário, entendo o seu interesse pelo Palácio da Pureza Celestial, e percebo que o simplista fui eu. A sua morte, quando ia pagar o resgate do filho, fica ainda mais triste se confrontada com essa consciência. Transcrevo outros trechos do diário que falam da cidade:

2 de junho. O verdadeiro espaço de prazer fica fora do centro, na periferia. Fui de táxi ao Palácio de Verão. A corte e o imperador precisavam de um lugar como aquele para escapar às armadilhas do poder em que eles próprios estavam enredados. É provavelmente o lugar mais aprazível nos arredores de Pequim, se não fosse pelas hordas de turistas. E não é à toa que os ocidentais o bombardearam mais de uma vez, destruindo como bárbaros ignorantes uma relíquia extraordinária da cultura local, sempre que quiseram subjugar os chineses e obrigá-los a abrir a China ao comércio exterior. O Palácio de Verão é o respiradouro de uma cidade sufocada pelo poder. Saí de lá com ódio da hipocrisia de ingleses e franceses, a defender o patrimônio cultural da humanidade só quando lhes interessava. 4 de junho. Sempre que posso, caminho pela cidade antes de ir para a embaixada. Faz uns dias, fui ao parque do Templo do Céu. Pela primeira vez, Pequim me pareceu mais humana. De manhã, o parque é tomado por velhos que se exercitam de várias maneiras, conforme as suas preferências. É mais ou menos a mesma coisa em Xangai. Um homem joga tênis sozinho com a bola amarrada à raquete por um elástico. Num canto do parque, assim como em outros parques da cidade, como acabei notando, grupos de velhos e velhas, mas também homens e mulheres de meia-idade, dançam ao som de música de salão ou de discoteca. Há quem prefira fazer tai chi ao som de música chinesa. Mas o mais incrível é ver como os velhos se apropriam da música pop ocidental. Pela primeira vez, essa gente me pareceu alegre, viva, e não apenas uma massa de sobreviventes, de bicicleta. Alguns faziam ginástica com as árvores, outros jogavam peteca com raquetes em forma de tamborim, uma em cada mão. Mas a miragem durou pouco. Bastou eu pôr os pés de novo nas ruas para voltar a impressão de que estava diante de uma sociedade sem nenhum interesse pela arte e pelos prazeres estéticos. Um povo pragmático e tosco, ao contrário dos japoneses; como se o sentido estético lhes fosse completamente estranho. É possível que haja uma minoria ativa e interessada nas questões artísticas, mas isso não se manifesta aos olhos de quem acaba de chegar, não há cinemas nem teatros à vista, nada a não ser o pop ocidental reciclado pela cultura local. Nunca, em nenhum outro país onde estive, a arte me pareceu tão supérflua, a ponto de inexistir ou de pelo menos não estar à vista, apesar de todos os esforços oportunistas de curado-

res e marchands ocidentais, a vender a idéia de que na China a arte contemporânea está fervilhando. Para mim, essa é uma das representações mais agudas do inferno, um estado automático de infelicidade pragmática, um estado de simples sobrevivência. A beleza de um país como o Brasil é que, mesmo na miséria, e a despeito dela, floresce uma arte popular que não é simples artesanato ou folclore, na música sobretudo. Tenho a impressão — e já posso ouvi-la a me chamar de equivocado e preconceituoso — de que, na China, a idéia da arte contemporânea é, no máximo, um conceito ocidental reapropriado por uma elite minoritária que faz dela um pastiche. A impressão é que a cultura não valoriza nenhum sentido estético além do mais absolutamente imediato e necessário. Onde foi parar a herança arquitetônica de séculos? Nunca vi uma cidade com uma sucessão tão ostensiva de prédios pavorosos sendo construídos ou recém-inaugurados. Não há nenhum gosto pelo artístico ou pelo bem-estar. Basta sobreviver. Daí que acabei chegando à conclusão de que os exercícios no parque podem parecer alegres à primeira vista, mas não passam de cumprimento de uma tarefa a mais, de mais uma ordem como as outras, afinal, todos freqüentam os parques a partir de uma certa idade, e todos os velhos se exercitam como as crianças vão à escola e os adultos ao trabalho. Pequim é um enorme formigueiro onde todos têm tarefas a cumprir.

O mais trágico e irônico de tudo isso é que as "belezas do Brasil" não foram capazes de salvá-lo. Tivemos mais de uma discussão sobre a cultura na China. Ele acabava de chegar e já estava cheio de idéias. Eu estava acostumado. Há um velho ditado que lhe repeti em vão, para que tentasse se conter: "Quando chegam à China, os estrangeiros logo pensam em escrever grandes tratados. Chegam cheios de idéias. No final de um ano, já não conseguem escrever mais que umas poucas linhas". A realidade é muito mais complexa do que parece. Não compreendemos nada do que vemos na China. Ainda assim, ele prosseguia. É preciso ser ignorante para falar. Quem conhece não precisa sair falando à procura de quem o contrarie. E foi o que demorei a entender. Demorei a perceber que havia humildade na sua aparente arrogância, e que ao fazer as suas asserções levianas, no fundo ele estava apenas tentando compreender. Suas provocações eram um pedido de ajuda, que alguém lhe esclarecesse o que tentava entender desesperadamente. Eu o levei às galerias mais importantes, ao ateliê de alguns artistas, quando soube que ele se interessava por arte. Mas nada o convencia. Discutíamos sobre tudo. No começo, achei engraçado. Ele tinha argumentos contra tudo. Falava cheio de si sobre o que mal conhecia. E a princípio até que gostei do tom peremptório com que defendia o seu ponto de vista e revelava a sua ignorância no meio de tanta apatia diplomática. Pela primeira vez nos últimos anos eu podia conversar com alguém que realmente dizia o que pensava, ainda que fosse uma bobagem. Podia ter idéias equivocadas, mas pelo menos eram próprias, e tinha a coragem ou a inconsciência de dizê-las. Houve, no entanto, um divisor de águas, um jantar em que pela primeira vez achei que ele exagerava e me irritei quando não me permitiu interrompê-lo. Foi na casa de uma colega da embaixada da Índia. Ele tirou a noite para expor os seus absurdos, como sempre sobre coisas que desconhecia, deixando os convidados estarrecidos. Entre nós, tudo bem. Mas na frente dos outros era constrangedor, e eu não podia ficar calado. Seria compactuar com a ignorância. E, para completar, ele era meu subordinado. O teor dessa discussão aparece no diário, num trecho escrito provavelmente na mesma noite:

7 de junho. Por que não existe literatura moderna na China? (Ou pelo menos não existe uma produção em prosa moderna consistente e duradoura comparável, por exemplo, com a literatura japonesa ou russa do final do século XIX e da primeira metade do século XX?) Minha tese, que me dizem ser superficial, já que não falo nem leio chinês (como fizeram a gentileza de me lembrar esta noite), é que a própria língua, por ser a única escrita do mundo com base predominantemente visual (o Japão usa uma língua híbrida, em que o visual foi se perdendo na comunicação diária, em nome do auditivo, substituído por um sistema silábico em que o kanji — *os ideogramas chineses* — tem uso restrito), *possui um excesso de metáforas que em essência é inadequado à criação da prosa moderna. Os caracteres são unidades de sentido, morfemas. E o sentido já é excessivamente rebuscado e indireto, eufemístico e metafórico, na sua base prosaica, cotidiana, na combinação de caracteres, nem que seja inconsciente. Por causa dessa peculiaridade lingüística, os chineses só conseguem perceber o aspecto literário seja num estilo hiper-rebuscado seja pela concisão extrema da sua poesia, e daí que não há espaço para uma prosa discreta, irônica e seca (Lu Xun, considerado por muitos o maior escritor chinês do século XX, sendo uma exceção esforçada, confirma a regra). Não é à toa que os intelectuais do início do século lutaram por uma reforma da língua, por uma modernização que lhes permitisse se exprimir no mundo contemporâneo e escrever uma prosa literária que não fosse clássica. Não é à toa que lutaram pela língua falada. É a poesia, pela concisão do gênero, que parece melhor se adequar às peculiaridades da língua literária na China. Não é à toa que a caligrafia aqui é uma arte. Nem que durante séculos o poema tenha sido considerado uma pintura invisível e a pintura, um poema visível. É um modo de privilegiar a forma em detrimento do sentido, para tentar se livrar desse excesso metafórico. Um mundo de vias tortas, onde ninguém fala direto, mas por aproximações. É incrível como as próprias palavras, muitas vezes, quando aparecem descontextualizadas, são incompreensíveis até para os chineses. Nada é simples. O caminho do sentido na China é tortuoso. Daí que a prosa literária moderna não pode ser uma expressão natural. É fruto do esforço de uns poucos e de uma ocidentalização que resultou também em poucas obras relevantes, porque a própria comunicação coloquial, se tomarmos os termos ao pé da letra, é um diálogo kitsch de maus prosadores. O ideograma, que nos fascina à distância, é também o que os impede de escrever como nós. Só uma transformação da língua visual em auditiva permitiria o nascimento da prosa literária e da própria noção de literatura moderna como a conhecemos no Ocidente. Mas ao mesmo tempo perderiam o que têm de mais precioso. Infelizmente, parece que esse processo é irreversível.*

Seus argumentos podiam ser até interessantes, como hipótese, para um estrangeiro que nunca tivesse posto os pés na China, mas eram de uma arrogância, de um etnocentrismo e de uma ignorância constrangedores até para um sujeito como eu, que também não sabia grande coisa mas pelo menos não me atrevia a tamanhos vôos cegos. Eram argumentos que só expunham o seu desespero de saber que nunca poderia compreender aquela cultura, que havia todo um mundo do qual ele nunca poderia participar, por mais que se esforçasse, por mais que batesse o pé. Para um chinês que tivesse acabado de chegar ao Brasil, a literatura brasileira podia ser igualmente rala. Antes de mais nada, suas conclusões nada tinham a ver com a realidade. Inventava um país e discorria sobre ele sem a menor cerimônia. Inventava uma língua. Não sabia do que falava. Eu tentava lhe explicar que os caracteres não eram a explicação para a tese que ele queria defender com base em parcas noções de chinês. Tinha percebido os efeitos, mas não as causas, que eram óbvias. Para começar, ninguém na vida cotidiana toma os ideogramas ao pé da letra, pelo sentido visual, metafórico ou eufemístico de que ele falava. Ninguém, ao ler ou dizer "telefone" na China, pensa que aqueles dois caracteres significam "língua elétrica". Assim como, em português, ninguém pensa que está sendo obrigado a nada quando diz "obrigado" em agradecimento. Ninguém fala pensando na etimologia das palavras. E, para completar, há caracteres cuja função é exclusivamente fonética. Muitos não são ideogramas. Eu concordava que a prosa moderna não tivesse florescido na China como no Japão ou na Rússia. Mas por causas que eram evidentemente outras. Ele parecia não querer ver a dimensão social e histórica do país. Era como se o comunismo não existisse. Como se não tivesse havido nenhuma perseguição política ao longo do século. Como se não tivesse havido nem a invasão japonesa, nem a Revolução Cultural. A explicação dos caracteres como um entrave para a literatura moderna era falsa, mesmo que não fosse de todo infundada. É verdade que movimentos literários no início do século XX lutaram pela adoção de uma língua chinesa moderna, que permitisse aos autores uma expressão análoga à das línguas ocidentais. Mas era preciso levar em conta todos os anos sob o comunismo para entender a ausência de uma prosa literária forte e sistemática daí em diante. As energias dos artistas chineses na primeira metade do século XX se dispersaram na turbulência de um caos social permanente. Nesse estado de coisas, era praticamente impossível não se engajar, e o ensaio político acabou ganhando, em muitos casos, mais destaque e pertinência do que a prosa literária. Para rebater os meus argumentos, ele me perguntava então por que o cinema chinês tinha florescido mesmo depois da Revolução Cultural e ainda sob o comunismo, ao contrário da literatura, que lhe parecia tão incipiente. E a mim, ocultando as minhas veleidades pessoais, só restava responder que a nossa já não era uma época para a literatura, que os escritores chineses tinham chegado tarde demais à modernidade. Sem nunca ter dado o braço a torcer, no entanto, eu também tendia a achar, no fundo, que os chineses eram mais artesãos do que artistas, como ele vivia repetindo, que eram o contrário dos japoneses, que por sua vez produziram grandes obras modernas reinventando as próprias tradições no confronto com as culturas estrangeiras — mas também tiveram mais tempo e condições para isso. Os chineses imitaram e falsificaram as culturas estrangeiras, mas as mantiveram estrangeiras, talvez por terem uma tradição cultural mais sólida, mais longa e mais impermeável que a dos japoneses, e com isso esvaziaram a influência do que vinha de fora. Tudo o que era estrangeiro ficou na superfície. Continuaram essencialmente chineses, e assim se esgotaram. Quanto aos ideogramas, eu tentava explicar ao Ocidental (como foi chamado pelos nômades mongóis que não conseguiam dizer o seu nome) que o fascínio está justamente no que há neles de inexprimível. Falar já é traí-los. A tradução é impossível. É sempre uma aproximação explicativa do que não pode ser dito mas está contido nas formas. E só nisso ele tinha um pouco de razão. Em teoria, é verdade que os caracteres se prestam a formas mais pontuais e concisas do que à prosa realista, são mais propícios à poesia e aos aforismos. O aspecto sintético e complexo dos ideogramas faz do chinês clássico uma língua inadequada à prosa realista do tipo ocidental. O próprio termo para definir "romance", "ficção" (*xiaoshuo*), em chinês, quer dizer, literalmente, "pequena fala". Um romance monumental como *O sonho do Pavilhão Vermelho*, no século XVIII, além de nada ter de realista, a rigor talvez nem possa ser chamado de romance; é, como dizia Borges, uma "profusão de sonhos", uma colagem infinita de textos poéticos, alegóricos e oníricos. Na minha ignorância, sempre achei que houvesse um tipo de incompatibilidade entre os ideogramas e o realismo do romance ocidental. Mas, ao contrário dele, preferi guardar as minhas pobres idéias para mim. Já no que se refere às artes, até que cheguei a concordar com ele e com a sua diatribe, mais de uma vez e em público. Só uma parcela ínfima da sociedade se interessava pela arte. Podia dizer a mesma coisa do Brasil. Aos meus olhos, os artistas contemporâneos na China Comunista faziam em geral, quando eu ainda vivia por lá, um pastiche do Ocidente, pareciam incapazes de renovar as próprias tradições, já tão pesadas. Mas também tinham sido massacrados por anos de Revolução Cultural e estavam apenas tentando recomeçar. Estavam engatinhando. Embora todos, à exceção dele, é claro, tentassem me convencer do contrário, me parecia que a arte chinesa tinha ficado no passado. Na literatura, pelo pouco que eu conhecia, minha impressão era que já disseram tudo. Nos anos 20, pelo menos, ainda havia novas histórias a serem contadas e a urgência de uma nova forma, que escapasse à prosa palaciana ou folhetinesca e popular do passado. E foi só por isso que eu lhe falei de Lu Xun, que ele nunca tinha lido.

9 de junho. A obra principal da prosa chinesa no século XX é um pequeno livro de Lu Xun intitulado A verdadeira história de AH Q, *que comprei ontem numa edição popular, bilíngüe, em chinês e inglês, no metrô. AH Q pode ser visto como uma alegoria da China: é um sujeito que só toma na cabeça mas sempre consegue, por um processo ostensivo de auto-sugestão, converter as suas derrotas em vitórias. Está convencido de que é herói. Uma espécie de Macunaíma chinês. Mas AH Q também é uma metáfora da questão da própria língua. AH Q é um nome sem significado, sem qualidade nem ori-*

gem. O nome não fornece um sentido por aproximação, mas passa a ser fonte de incerteza. Não dá mais a ficha de quem o carrega: não diz de quem ele é filho nem onde nasceu, ao contrário dos nomes chineses tradicionais. O nome deixa de ser metáfora de alguma coisa para nomear direta e arbitrariamente apenas aquele sujeito. Toda a introdução do livro gira em torno dessa questão; é uma alegoria da literatura moderna, que só é possível quando os nomes deixam de representar as coisas por metáforas, por aproximação, para nomeá-las diretamente, revelando a arbitrariedade da nomeação, o abismo entre as palavras e as coisas. A literatura moderna é conseqüência da consciência de uma cisão profunda entre cultura e natureza, que não se manifesta nos caracteres chineses e nos ideogramas. Lu Xun escreve uma fábula irônica. AH Q é um idiota que repudia os costumes estrangeiros e a modernização em nome de uma arrogância que só revela a própria imbecilidade e o auto-engano. A ironia maior é que, mesmo quando quer ser moderno, o escritor chinês continua escrevendo fábulas, parábolas e contos morais, como nas velhas tradições chinesas. No fundo, sua prosa continua antiquada na maneira, com o conteúdo atualizado para servir de lição aos contemporâneos. E às vezes fico pensando se a tentativa de modernizar a língua chinesa, de criar à força a cisão entre natureza e cultura que marca a civilização ocidental (mas que é bem menos clara no Oriente), não seria um retrocesso. Alguns citam Lao She como o segundo grande autor chinês do século XX, mas ele não passa de um crítico social neo-realista sem grandes invenções propriamente literárias, o que para mim só confirma a tese de que a China não produziu uma prosa moderna consistente. O que os escritores chineses tentaram no século XX foi introduzir o realismo na China num esforço de tornar a literatura socialmente relevante. Sem passar pelo realismo, não é possível criar uma prosa moderna nos moldes ocidentais. Mas constantemente eles voltavam à tradição. O próprio Lao She, quando quis retratar a rea-

lidade dos chineses sob a opressão japonesa, foi buscar suas armas na sátira, na parábola de um povo felino vivendo em Marte. Por mais taxativo que lhe pareça, se fosse preciso definir uma essência, eu diria que a tradição chinesa é a do artesanato, não a da arte. O objetivo é a excelência de uma técnica. Não há a questão da auto-reflexão da arte moderna. Quando ela surge, não passa de um cacoete ou de uma reflexão muito tosca. A truculência da opressão engendrou, por reação, uma crítica primária: o artista chinês contemporâneo acredita que, para fazer arte, basta ironizar o poder e falar contra o estado de opressão. Os artistas chineses oscilam entre o academicismo e o pastiche, o mimetismo da arte ocidental. Como não houve realismo, não conseguem entender o que há por trás da ruptura da arte moderna. Foram educados para fazer bem um ofício, mas não para refletir sobre esse ofício e transformá-lo. Diante da ruptura, eles retêm apenas as formas, de maneira que em 2002 você pode encontrar artistas impressionistas, aquarelistas tradicionais, cubistas, surrealistas, acadêmicos, hiper-realistas ou pop convivendo num mesmo espaço, como o Museu de Arte de Xangai, sem nenhum problema, como se fizessem parte da mesma época e da mesma escola. A ruptura é com toda a tradição chinesa, e para isso qualquer forma vinda do Ocidente serve de instrumento, a despeito do seu anacronismo.

Fui eu que o fiz ler O *puxador de riquixá* e *Terra felina*, de Lao She. Fui eu que o levei a galerias de arte. O que ele dizia tinha a ver ao mesmo tempo com uma resistência ao que não compreendia e com uma impaciência, uma pressa de compreender. Era um sujeito torturado por vontades que à primeira vista podiam parecer contrárias mas eram, no fundo, complementares. Demorei a entender que falar asneiras sobre o que não conhecia era uma tentativa perturbada de se aproximar desse objeto e de conhecê-lo. Ele esperava provocar o ultraje em alguém que por fim lhe esclarecesse as coisas, alguém que pusesse os pingos nos is e um ponto final na sua diatribe imaginária sobre a China. Não cumpri esse papel, não fui capaz de contradizê-lo, o que só deve tê-lo irritado ainda mais, porque hoje, depois de ler o diário, entendo que ele era o último a acreditar nas suas próprias palavras. Não duvido de que tenha agido da mesma forma na Mongólia, mas lá pelo menos ele tinha uma missão, e eu não estava por perto. Só agora compreendo o estado em que deve ter embarcado para Ulaanbaatar. Eis um trecho do diário do dia em que partiu, em que revela a ironia de sentir na própria pele a recíproca dos estereótipos criados pelo desconhecimento de culturas e de países tão distantes, e por conseguinte a recíproca da caricatura que ele tentava impor à China:

Pela manhã, ao tentar trocar cem dólares em cheques de viagem, porque precisava de iuanes para o táxi e a taxa de aeroporto, o funcionário na recepção do hotel, quando viu meu passaporte, quis saber de que país eu vinha. Perguntei se fazia diferença. Um americano que trocava dólares ao meu lado riu e se mostrou cúmplice do meu sarcasmo, mas não por muito tempo. O funcionário não me respondeu, examinou uma lista e disse que só podia trocar os meus cheques se eu apresentasse também o contrato de compra do banco de origem. Eu disse que era um absurdo, que o contrato era a minha garantia e que não era obrigado a mostrá-lo a ninguém — devia usá-lo apenas em caso de roubo ou de extravio dos cheques. Ele se desculpou e disse que eram as normas do Banco da China. O Brasil estava numa lista de países de alto risco. Ele me mostrou a lista. Fiquei furioso, olhei para o americano, mas ele já não correspondia ao meu olhar, agora ignorava a minha presença. Eu disse que estava hospe-

dado no hotel fazia duas semanas, tinham os meus dados, o meu car-
tão de crédito etc. Não era um sujeito qualquer, que estava passando
e entrou para trocar dólares. Ele respondeu que eram as regras. Fui
obrigado a subir ao meu quarto e voltar com o contrato de compra.
Os povos que mais se defendem de supostos países desonestos são
aqueles que melhor conhecem a corrupção e a desonestidade, por
praticá-las ostensivamente, por conhecê-las de perto.

Muito do que ele dizia da China, sem nenhum conhecimento de causa, era uma projeção distorcida do que conhecia do
Brasil. Quando partiu para a Mongólia, levou apenas as informações que o guia mongol nos passara ao ser contatado por telefone
pela embaixada brasileira em Pequim, e que não eram muitas. Agi-
mos conforme as instruções do Itamaraty e a vontade do pai do
desaparecido, que nos deu o telefone do guia, a única pista que tinha do filho depois de meses sem notícias. Tinha resistido a compreender que a falta de notícias não era normal. Na verdade, não
deu pelo sumiço do filho até receber o telefonema do guia mongol com quem o rapaz fizera uma viagem meses antes de desaparecer. O guia, que tentava se expressar em inglês, estava nervoso,
e ficou ainda mais quando o velho começou a gritar do outro lado
da linha. O guia estava com as coisas do rapaz e queria saber para
onde devia remetê-las. Por mais que tentasse explicar ao pai do
desaparecido que não tinha nenhuma responsabilidade pelo que
acontecera; por mais que lhe dissesse que não sabia do filho dele
fazia meses; por mais que lhe dissesse que apenas tinha tomado a
decisão de lhe telefonar depois de saber que o verdadeiro responsável, outro guia que acompanhava o rapaz na época em que ele
desaparecera, nada tinha feito para comunicar o desaparecimento à família; por mais que tentasse lhe explicar a sua iniciativa

totalmente desinteressada, e como o velho continuasse gritando e prometendo matá-lo se o filho não aparecesse, preferiu desligar ao cabo de uns poucos minutos sem ter esclarecido coisa alguma. Foi só depois desse telefonema, no entanto, que o pai do desaparecido caiu em si e resolveu mobilizar os seus contatos em Brasília. O filho, que era fotógrafo profissional, tinha sido contratado por uma revista de turismo no Brasil para atravessar a Mongólia de norte a sul. Segundo o guia mongol, o rapaz deixara um diário. Ninguém sabia onde tinham ido parar as fotos. Para minha surpresa, havia dois diários do desaparecido na pasta que encontrei na despensa do meu apartamento, entre tanto papel inútil, depois de ler a notícia da morte do Ocidental. Um dos diários estava completo, e o outro se interrompia no meio. O Ocidental os deixara em Pequim ao voltar da Mongólia, junto com os outros papéis, provavelmente de propósito, como agora suponho, para que, ao lê-los e compará-los com o que ele mesmo tinha escrito à mulher, eu pudesse por fim montar a imagem do que de fato acontecera.

Embarcou numa sexta-feira de manhã. Nos apontamentos para a mulher, como uma longa carta (mas que aí já parece dirigida a mim), ele fala de ter sobrevoado por quase duas horas regiões secas, amareladas e poeirentas do deserto e de já não imaginar, quando se aproximavam da capital, que o mundo inteiro pudesse se converter no que lhe pareceu um imenso campo de golfe. Sobrevoando o deserto de Gobi, no avião que o levava de Pequim a Ulaanbaatar, ele decidiu que começaria ali o relato frio e objetivo do absurdo da sua missão. A julgar por essas notas, Ulaanbaatar está cercada de colinas e estepes. É uma incongruência na paisagem, uma pequena cidade poluída (a maior da Mongólia), com usinas de carvão, enormes tubulações à vista, que serpenteiam pela periferia, levando água quente para o centro, e chaminés que soltam nuvens de fumaça preta no ar. Um passageiro que viajava ao lado dele disse que no inverno era pior, por causa do sistema de calefação. A cidade fica no meio de um vale verdejante, no final de uma série de colinas cobertas de florestas na rota de aproximação de quem vem do sul. Não sei até que ponto posso confiar no que escreveu, já que ele mesmo, como acabei entendendo, não confiava nas próprias palavras. Seus olhos distorciam a realidade. Eu já sabia o que ele tinha visto na China, que não correspondia ao que eu via. No que escreveu para a mulher ainda na sala de espera do aeroporto de Pequim, por exemplo, ele comenta, pela primeira vez com alguma auto-ironia, as suas primeiras impressões dos "mongóis": *A língua falada não é feia como o chinês. As pessoas têm um jeito mais simpático. Aparentemente, são mais educadas e mais simples do que os chineses. Falam mais baixo, não dão a impressão de estar gritando, não têm a boca mole. Fiquei encantado com o meu primeiro contato com os "mongóis", mas só até perceber, quando foram chamados pelos alto-falantes, que na realidade eram japoneses que aguardavam, na mesma sala de espera, o embarque em outro vôo, de volta para casa.*

Em Ulaanbaatar, tomou um táxi no aeroporto e foi direto para o hotel. Era um prédio cinzento e retangular construído pelos russos a poucos metros da praça central, logo ao lado da sede do antigo Partido Comunista, que agora abrigava, entre outras coisas, um dos incontáveis cibercafés da cidade. A praça central, na verdade uma grande esplanada de concreto, sem uma única árvore, fora batizada em homenagem ao herói da Revolução. A estátua eqüestre de Sükhbaatar se erguia isolada no centro, de costas para o mausoléu soturno em que supostamente estavam guardados os restos mortais do herói, diante do prédio também funéreo do governo. É preciso entender que tínhamos decidido recorrer às autoridades mongóis somente em último caso. Precisávamos antes saber o que havia acontecido. Foram as instruções de Brasília. Não queriam correr riscos. Por alguma razão, seguindo as recomendações do próprio pai, desconfiavam do rapaz e de suas intenções. É possível que já tivesse aprontado alguma no passado. Queriam que tudo fosse feito na maior discrição, para evitar eventuais constrangimentos. Do que pudemos entender nas entrelinhas, não tinham certeza nem mesmo de que ele estivesse de fato desaparecido. Podia ser um ato voluntário. Era essa a missão do Ocidental. Não sabíamos mais nada. Tínhamos o telefone do guia, um homem chamado Ganbold que, um ano antes, levara o rapaz da fronteira com a Rússia, no extremo norte, ao deserto de Gobi, no extremo sul da Mongólia, e com quem, ao que tudo indicava, ele havia se 'desentendido ao voltar para Ulaanbaatar, dois meses antes de partir de novo, em busca ninguém sabia bem do quê, agora com outro guia e contra todo o bom senso, já que estavam no fim do outono, numa nova viagem, pelo oeste, onde acabou desaparecendo durante uma das muitas nevascas que assolaram o país naquele inverno, um dos mais rigorosos de que já se tivera notícia.

Conseguiu falar com Ganbold no final da tarde. Os mongóis não usam sobrenome e costumam tomar emprestado o prenome do pai, ou apenas a inicial, quando precisam dar um nome de família. São identificados pela inicial paterna. Marcaram um encontro para a manhã seguinte, um sábado ensolarado, no lobby do hotel. Ganbold era um homem de no máximo trinta anos, com um aspecto frágil e ressabiado. Era baixo, tinha orelhas de abano, usava óculos e o cabelo à escovinha, o contrário da imagem do mongol forte e parrudo que se vê em cartões-postais, todo paramentado para a luta, o esporte nacional. Tinha uma expressão desconfiada. Talvez fosse a situação. Não gostava de falar, pelo menos com desconhecidos. Para ele, aquele encontro era um evidente suplício, que suportava com dificuldade, só porque tinha princípios, os quais não deixava de anunciar, na tentativa de provar a sua inocência. Quando o Ocidental desceu do quarto, Ganbold já o esperava sentado numa poltrona do lobby, com uma mochila no chão. Seu constrangimento era visível. Tanto que, assim que avistou o Ocidental, levantou-se num pulo e, logo depois de se cumprimentarem, entregou-lhe a mochila: "São as coisas dele". E depois tirou do bolso uma caderneta de anotações do tipo Moleskine, com capa preta, que lhe estendeu como quem tem pressa de se desvencilhar de um fardo enorme e partir. "É o diário dele. Quero dizer, o diário da viagem que fez comigo, de Khövsgöl* até o Gobi do sul. Deve haver outro, em que ele transcreveu os últimos dias antes de desaparecer. Porque anotava tudo. Mas esse eu nunca vi. Deve ter ficado com o outro guia. O único problema é que nós não nos damos bem", disse.

O Ocidental ainda estava um pouco confuso com a apresentação um tanto brusca — se é que se podia chamar aquilo de apresentação — para poder expressar abertamente a impaciência com as reservas que de pronto o guia manifestou em relação ao colega e concorrente, sem nem ao menos levar em conta a gravidade da situação, que não permitia esse tipo de melindres e intrigas. Antes de demonstrar sua irritação, no entanto, o Ocidental precisava descobrir exatamente o que acontecera, e Ganbold lhe repetiu em poucas palavras a parte que sabia. O rapaz tinha ido à Mongólia com a intenção de fazer uma viagem que os guias locais costumam chamar de "clássica", por ser a mais comum e a mais tradicional. Chegou no início do verão, como a maioria dos turistas, com o intuito de atravessar o país de carro, de norte a sul, aproveitando para fotografar a festa nacional, Naadam — ou "Os Jogos" —, comemorada

---

* Sobre a pronúncia dos nomes mongóis: *kh* tem som de *h* aspirado; *ö* tem som de *u*. Duas vogais repetidas (*aa*) marcam a sílaba tônica ou longa da palavra. Quando há mais de uma repetição na mesma palavra, é porque se trata de um nome composto, como *Ulaanbaatar* ("Herói Vermelho") ou *Tsagaannuur* ("Lago Branco").

nos dias 11 e 12 de julho, no antigo sítio da capital do Império mongol do século XIII, Karakorum, hoje não mais que um vilarejo ao lado do célebre mosteiro de Erdene Zuu, o maior do país, antes de seguirem para o sul, para o deserto, onde pretendia passar a maior parte do tempo. Ficou quase dois meses no Gobi. "Ele anotava tudo no diário", repetiu Ganbold, apontando para o caderninho preto como quem se desobriga de qualquer vínculo com o que está ali para tratar, dando a entender que preferia que o Ocidental lesse as anotações do desaparecido a ter de responder as suas perguntas. Queria se eximir o mais rápido possível de toda responsabilidade. Só depois de muito insistir, e em vão, recebendo no lugar de respostas uma evasiva atrás da outra, é que o Ocidental decidiu apelar, em suas próprias palavras escritas à mulher (ou a mim, já não sei), para a "solidariedade humana" de Ganbold, e conseguiu por fim, não se sabe ao certo com que argumento, transpor a resistência bovina do mongol e convencê-lo pelo menos a lhe dizer como poderia encontrar o outro guia, o homem que tinha acompanhado o rapaz em seus últimos dias antes de sumir. "Ligo para você hoje à noite e dou uma posição", disse Ganbold, já de saída.

Na mochila, havia duas calças, cinco camisas, uma garrafa de plástico vazia e dois tênis. Antes de se despedir, o guia explicou que a barraca, o saco de dormir, o fogareiro e outros apetrechos mais essenciais desapareceram com o rapaz. Ganbold havia recuperado a mochila e o diário em que o rapaz narrava a primeira parte de sua estada na Mongólia, e tinha a intenção de mandar tudo para o Brasil, mas desistiu depois do malfadado telefonema para o pai do desaparecido.

O Ocidental passou o resto da tarde no quarto, lendo o diário — ou melhor, tentando decifrar a caligrafia medonha. Pareciam hieróglifos. Não tinha nada a fazer além de esperar o telefonema de Ganbold. Volta e meia, interrompia a leitura exaustiva e ia até a janela com o caderninho preto na mão. As ruas estavam desertas. Via os morros verdes ao longe. Numa das encostas, tinham escrito alguma coisa em uigur, o alfabeto clássico mongol, em letras brancas, em linhas verticais. Sob pressão dos russos, os mongóis acabaram abandonando o uigur e adotando o cirílico nos anos 40. Havia um ou outro bêbado no parque em frente. Um ou outro homem cambaleante, que mal conseguia chegar até os raros transeuntes de quem tentava se aproximar e lhes pedir alguma coisa, na certa uma esmola para comprar vodca. Também havia casais que conversavam na esquina, vestidos com *dels* coloridos de verão, uma espécie de manto amarrado na cintura, o traje típico dos mongóis. Deviam ser nômades do interior, de passagem pela capital. Às oito da noite, ainda dia claro, tocou o telefone. Era Ganbold. Passaria na manhã seguinte para pegá-lo no hotel. Contra todas as expectativas, tinha falado por telefone com o outro guia, Purevbaatar, que aceitou recebê-los e os esperava para almoçar. O Ocidental seguiu noite adentro pelas páginas do diário escrito um ano antes, em busca de pistas. Ia lendo ao acaso, saltando trechos ilegíveis, voltando atrás quando alguma coisa lhe chamava a atenção:

5 de julho. Voamos de Ulaanbaatar para Khatgal, na região de Khövsgöl, terra de xamãs na fronteira com a Rússia. O Antonov aterrissa aos sacolejos na pista de terra mal nivelada. Os passageiros pulam em suas cadeiras. Alguns estrangeiros se entreolham e riem. É como pousar num campo esburacado. Batnasan, nosso motorista, um homem grande e boa-pinta, nos espera com seu furgão russo ao lado da pista. Vamos para Tsagaannuur, ao contrário dos outros passageiros, que vieram passar o fim de

semana às margens do lago Khövsgöl, na tranqüilidade de um campo turístico com uma paisagem alpina e familiar ao fundo. É o começo da minha viagem. Meu objetivo é fotografar os tsaatan, criadores de renas que vivem isolados na fronteira com a Rússia, entre a taiga e as montanhas. Estão em vias de extinção. Abastecemos em Khatgal. O vilarejo tem jeito siberiano. Não há um bairro de iurtas, como na maioria das cidades da Mongólia. As iurtas — ou gers, em mongol — são tendas circulares, com estrutura de hastes de madeira, cobertas por uma camada de feltro no interior, outra intermediária de tecido impermeável ou plástico e por último uma lona branca, que funcionam como isolantes no calor ou no frio. Mantêm o frescor no verão de trinta graus e o calor no inverno de menos trinta. A fenda redonda no topo serve tanto de saída para a chaminé do fogareiro central como de ventilação, e é de especial utilidade durante as tempestades de areia no deserto. Serve também de relógio de sol, deixando entrar os raios que, ao iluminarem progressivamente diferentes pontos, marcam as horas do dia. A porta, de madeira, fica sempre virada para o sul, por causa do sol provavelmente. Há todo um cerimonial e uma série de regras de comportamento para quem entra numa iurta, a começar pela interdição de bater na porta, que é sagrada. Bater indica hesitação do viajante e, por conseguinte, constitui uma ofensa aos moradores, como se ele não os considerasse dignos de recebê-lo. Fáceis de montar, as iurtas são ideais para os nômades. Não poderia haver arquitetura mais adequada a um país sem árvores, castigado pelo vento e por oscilações extremas de temperatura. Já nos vilarejos do norte, como em Khatgal, as casas são de madeira, barracões com telhados de chapas metálicas pintados de verde ou vermelho. É uma região de florestas. A população local não é formada pela maioria étnica mongol, os khalk, mas pelos darkhad, que têm um sotaque forte e são orgulhosos de sua identidade, como o nosso motorista. A viagem até Tsagaannuur deve levar dois dias. O terreno é especialmente ruim e acidentado. Quando não são os buracos e as montanhas, são os pântanos. Parece que há um caminho mais curto, pelas montanhas, entre Jankhai e Tsagaannuur, mas é muito arriscado, segundo os habitantes do lugar. A pista, aberta pelos russos, é muito precária. Podíamos ficar presos ou atolados. Acampamos depois de um dia de estrada, numa clareira no alto de uma colina, diante de um vale. Vemos iurtas ao longe. São pontos brancos na paisagem. Pássaros passam aos gritos. Durante a noite, ouço lobos uivando. Nunca ouvi nada assim. É como se estivessem morrendo. No caminho, cruzamos com dois cavaleiros armados de espingardas. Queriam saber se tínhamos mercadorias para vender.

Geou pela manhã. Chegamos a Tsagaannuur no final da tarde. É um vilarejo conhecido pelos bêbados, perdido às margens de um pequeno lago. Precisamos pegar uma autorização na polícia de fronteira para visitarmos os tsaatan. A polícia fica num barracão de madeira. No interior do barracão, um grande mapa da região ocupa toda uma parede coberta por uma cortina de cetim vermelho. O delegado é um sujeito gordo, sempre acompanhado por dois soldados simpáticos. Toda a situação tem um quê de peça de Gogol. Seguimos viagem à procura do guia que poderá nos levar a cavalo até os tsaatan, pelas montanhas e pela taiga. Chama-se Togtokh e tem olhos azuis. Vive às margens de um riacho ali perto. É darkhad. Ganbold me diz que os darkhad são sujos. Não me parecem mais sujos do que os outros nômades que encontramos até aqui. Togtokh nos pergunta se somos bons cavaleiros. Passará para nos pegar no dia seguinte, às oito da manhã, ao pé da montanha onde pretendemos acampar. Seguimos de carro à procura de um lugar protegido onde armar as barracas. O terreno é pantanoso. Somos devorados pelos mosquitos. Quando finalmente surge um canto que me parece adequado, Batnasan se recusa a se aproximar com o furgão. Diz que ali é impossível, diz que é proibido e aponta para um pinheiro em que está amarrada uma faixa azul. O local é sagrado, está povoado de espíritos. Alguém pode ter morrido ali. Estamos em terra de xamãs. Quem viaja por toda a Mongólia vai encontrando pelo caminho amontoados de pedras, como pequenas pirâmides com faixas e estandartes azuis fincados no topo. São os ovoos, que marcam os locais onde há maior proximidade entre o céu e a terra e maior facilidade de comunicação com os espíritos. Designados pelos xamãs, em geral ficam em pontos altos da paisagem, mas nem sempre. E é de bom agouro para o viajante jogar uma pedra e dar três voltas em torno do ovoo, em sentido horário, sempre que depara com um. Na Mongólia, a terra reflete o céu. A sombra das nuvens corre pelo deserto e pelas estepes. O céu está sempre tão perto. A paisagem não se entrega. O que você vê não se fotografa.

No dia seguinte, Togtokh passa para nos pegar. É óbvio que não chega às oito. Aparece às nove, trazendo dois cavalos além do baio em que está montado. Ganbold fica com a égua, que se recusa a avançar. No meio do caminho, me ofereço para ficar com a égua, e trocamos de montaria. Subimos a montanha pela taiga de Khounkher. Togtokh nos alerta para o risco de batermos os joelhos nas árvores, muito próximas umas das outras. O caminho pela taiga é difícil, cheio de pedras, buracos e lama. Ainda há grandes blocos de gelo no leito dos rios e vestígios de neve no alto das montanhas. Os cavalos sobem escorregando pelas pedras e afundando as patas na lama. Às vezes, só nos resta lhes dar rédea para que encontrem por conta própria uma maneira de sair dali. Meu estribo está no último furo e ainda assim continua demasiado curto. Logo meus joelhos começam a doer. Para completar, os mosquitos são vorazes. Ninguém escapa, nem os cavalos. Ainda na subida, cruzamos com um velho tsaatan muito simpático. Chama-se Sanjim e nos exorta a passar a noite na casa da filha, que avistaríamos no final da tarde, logo na entrada do terceiro vale, segundo ele. Às duas, paramos para almoçar num platô pedregoso na saída da floresta, depois de vencermos a primeira montanha. A paisagem é pantanosa, com pedras, riachos, lama e vegetação rasteira. Já não há nenhuma árvore. De repente, do alto da montanha seguinte, vêm descendo três cavaleiros. O primeiro é um fotógrafo francês de quem ouvi falar. Logo atrás vêm uma amiga dele e o guia darkhad. Estão voltando dos tsaatan. Fazem uma pausa para descansar. Estão esfomeados. Aceitam tudo o que lhes oferecemos. O fotógrafo nos diz que os tsaatan foram estragados pelos turistas, já não são os mesmos. Diz que recentemente um americano e um japonês vieram visitá-los de helicóptero. O caminho de fato é inacessível. Meus joelhos estão em frangalhos, e ainda não chegamos nem na metade. De vez em quando os cavalos atolam nos pântanos e tropeçam nas pedras. E a minha égua, se por um lado só costuma avançar sob pressão, à custa do esforço incansável das minhas pernas, por outro parece se assustar com as coisas mais imprevisíveis e sair desembestada quando eu menos espero. Os cavalos mongóis se assustam com as coisas mais estranhas, como se de fato vivessem cercados de espíritos que nós não vemos. O francês está desiludido com os tsaatan. Pergunto se ele esperava encontrar bons selvagens. Sinto a insatisfação do seu silêncio e do olhar com que me fulmina. Tentando aliviar o mal-estar criado pelo meu aparte irônico, antes que os ânimos possam se acirrar, Ganbold se levanta, diz que precisamos seguir em frente e me sai com um clichê conciliador do tipo: "A Mongólia é o país da fotografia".

Chegamos no final da tarde ao vale de Menghe Bulag, onde as famílias tsaatan da chamada taiga ocidental passam o verão.

Há apenas catorze famílias nesta região, o equivalente a cerca de cinqüenta pessoas. Os tsaatan estão desaparecendo. Há mais uns sessenta do outro lado de Tsaagannuur, na região da chamada taiga oriental, que é mais acessível e onde há até uma família que fatura em cima dos eventuais turistas, posando como modelo de exotismo para não decepcionar a expectativa dos olhares ocidentais. Ganbold me diz que é uma tristeza. Já esteve lá e não pretende voltar. Os tsaatan são criadores de renas e, ao contrário dos outros nômades da Mongólia e do Cazaquistão, moram em tendas cônicas, como as dos índios americanos (tepees), em vez de iurtas. No inverno, debaixo de um frio de quarenta graus negativos, não há como chegar à taiga ocidental. Os tsaatan são da etnia tuva e falam uma língua próxima do turco. No geral, são simpáticos e receptivos, como os mongóis. Passamos pela tenda da filha do velho Sanjim, que tínhamos encontrado na montanha, e continuamos vale adentro até outro agrupamento de quatro tendas. Ao nos aproximarmos, minha égua enlouquece com alguma coisa e sai em disparada. Por pouco não caio. Os homens estão reunidos numa das tendas, jogando cartas. Não sei se estão bêbados. Quando entramos, não nos cumprimentam. Somos solenemente ignorados. Devem estar cheios dos estrangeiros curiosos que vêm vê-los como se fossem animais em vias de extinção.

Para quem sempre idealizou o nomadismo como um modo de vida alternativo e libertário, o confronto com a realidade tem pelo menos um lado saudável. Os nômades não são abstrações filosóficas. Levam uma vida fixa e repetitiva. Qualquer desvio pode acarretar a morte. Todos os movimentos e todas as regras são determinados pelas exigências mais fundamentais de sobrevivência nas condições mais extremas. A endogamia está matando os tsaatan. E o contato com o mundo exterior, depois da queda do comunismo no início dos anos 90, só os fez enxergar a própria miséria.

43

O chefe, Bayaraa, é filho da matriarca, uma velha xamã. Sua mulher, Jargal, nos leva até a casa da nora, Bolroo, onde ficaremos alojados. As mulheres fazem todo o trabalho: cuidam das casas, das crianças e das renas. Bolroo é uma darkhad que se casou com um tsaatan, seguindo o exemplo da irmã mais velha. São casos excepcionais. Normalmente, os tsaatan são endógamos. Acabaram desenvolvendo uma série de problemas de saúde e de consangüinidade por conta disso. O mesmo parece estar acontecendo com os rebanhos de renas. A vida na taiga é muito dura e isolada. Nenhuma mulher de outra etnia quer se prestar a passar a vida enterrada aqui. O marido de Bolroo saiu para caçar há dias. Ela está sozinha, com as crianças. Estou exausto. Preciso ficar sentado no chão com as pernas esticadas. As renas são animais engraçados, muito burros e curiosos, que entram nas tendas quando estão abertas, para espiar e bisbilhotar o que há no interior delas. Segundo Ganbold, estão à procura de sal, que faz falta na sua dieta. Os tsaatan costumam dar sal na mão às renas. No final da tarde, as mulheres saem para recolhê-las no pasto e trazê-las para dormir em volta das tendas. É uma precaução para que não sejam atacadas pelos lobos. As renas são a única fonte de renda dos tsaatan. Os chifres crescem e secam e caem todos os anos. Os tsaatan costumavam cortar os chifres secos antes do inverno, para vender a intermediários de Ulaanbaatar, por dinheiro, farinha ou arroz. Os intermediários, por sua vez, comercializam o produto com chineses e japoneses, que acreditam nos seus poderes afrodisíacos e terapêuticos. Como recebem mais pelos chifres ainda irrigados de sangue, os tsaatan passaram a cortá-los em junho, quando ainda é muito penoso e arriscado para as renas.

Os homens continuam jogando e bebendo noite adentro. Não dão as caras. Togtokh se juntou a eles. De repente, começa uma tempestade. Chove a cântaros. Há raios e trovões. Bolroo está com uma filha recém-nascida, Urnaa. Depois de amamentá-la e pendurá-la numa espécie de berço que pende, na vertical, das vigas que sustentam a tenda, ela nos serve, a Ganbold e a mim, uma sopa com pedaços de carne seca de rena e diz que Suyan vai nos receber depois do jantar. Suyan é a velha xamã, a matriarca. Fui eu que pedi para vê-la. Não posso sair daqui sem fotografá-la. Suyan é avó do marido de Bolroo. Vive sozinha numa tenda. É xamã desde os vinte anos. É uma tradição familiar. Dizem que tem noventa e oito, mas deve ter menos. A vida dura faz com que pareçam muito mais velhos do que na realidade são.

Levamos de presente uma garrafa de vodca. Ela a recebe com as mãos estendidas, em sinal de agradecimento, e a acomoda num altar. Está com um chapéu redondo, de pele de rena, e com um _del_ roxo e sujo. Usa botas forradas com pele de rena. Tem as pernas arqueadas, como grande parte dos idosos na Mongólia. Seu corpo é retorcido como uma árvore nodosa. Resmunga alguma coisa que parece exprimir felicidade. Pergunta de onde eu venho. Nunca ouviu falar do Brasil. Quando era menina, se perdeu na floresta. Foi encontrada dias depois, desacordada. Foi quando descobriu que podia falar com os espíritos e que eles tinham tantas coisas a lhe dizer. Nunca mais foi a mesma. Foram anos de preparação até se tornar xamã, guiada pelas mãos de uma tia. Peço para fazer uma foto. Seu rosto enrugado cobre com uma pele fina o crânio anguloso. Os olhos são fundos, e o nariz quase só as narinas muito abertas. Faço as fotos e guardo a câmera. Passado um momento de silêncio, ela quer saber se tenho alguma pergunta. Não me ocorre nada. Por fim, graças à insistência de Ganbold, pergunto da viagem, se terei sucesso. Ela quer saber a minha religião e o meu signo no horóscopo chinês. Depois, nos dá as costas, como se consultasse alguma coisa que não podemos ver. "São pedras", me diz Ganbold. "Cada xamã usa um instrumento para a comunicação com os espíritos; é parte da herança familiar." Passam-se alguns minutos, Suyan se volta para nós sem dizer nada, com os olhos baixos, e depois me encara. Não consigo manter meus olhos nos dela. Continua a chover torrencialmente do lado de fora, com raios e trovões. Ela demora a dizer que não conseguiu ver nada.

Urnaa chora a noite inteira. Na manhã seguinte, termino todas as fotos de que preciso, e partimos. A viagem de volta é mais difícil. Meus joelhos estão estourados. Os mosquitos na taiga são um inferno. Togtokh diz que isso não é nada. Tivemos sorte. Podia ser muito pior. Como choveu a noite toda, o caminho está ainda pior do que ontem. Pegamos outra tempestade no meio da tarde, dentro da floresta. Os cavalos estão escorregando. Somos obrigados a apear e a puxá-los montanha abaixo nos trechos mais íngremes. Minha égua se assusta com a minha capa de chuva, se empina e dá coices. Qualquer coisa é motivo para deixá-la apavorada. Tenho ganas de matá-la. Chegamos às oito da noite à casa de Togtokh. Batnasan está à nossa espera, bêbado.

No dia seguinte, um domingo, às onze em ponto, como combinado, Ganbold esperava o Ocidental na portaria do hotel. Não havia nenhum táxi na rua em frente ou na praça central. Na verdade, em Ulaanbaatar, bastava estender o braço para que os carros particulares parassem e cobrassem a corrida com base na quilometragem, fazendo as vezes de táxis. Tudo dependia da disposição do motorista. Mas não havia nenhum carro nas ruas. Ou pelo menos nenhum disposto a parar para eles. Não havia quase ninguém em lugar nenhum. O céu estava claro, como na véspera. Era um dia agradável. Decidiram ir a pé. Tinham tempo de sobra. Atravessaram a praça e as ruas do centro. A certa altura, Ganbold evitou um acidente, por um triz, fazendo o Ocidental, que vinha distraído, olhando para os prédios em volta, desviar de um bueiro aberto diante dele. A cidade estava cheia de bueiros abertos e entulhados de lixo. Alguns chegavam a três metros de profundidade. "Em Ulaanbaatar é sempre bom olhar para o chão na sua frente. E o pior é quando esses bueiros têm tampa, porque ficam soltas e quem pisa nelas acaba caindo", disse Ganbold. *Passamos diante do prédio soturno do cine Vitória. São incríveis os cartazes pintados, do lado de fora do caixotão de concreto, a anunciar os filmes mongóis. Ganbold me diz que há uma verdadeira indústria cinematográfica por aqui. Parece que, em geral, são filmes históricos e melodramas.* Em dez minutos, estavam num bairro de iurtas, uma espécie de favela na periferia da cidade, com as típicas tendas brancas dos nômades, umas ao lado das outras, entre cercas de madeira e portões de ferro decorados com os símbolos do casamento ou do infinito, dois círculos ou losangos entrelaçados, motivos que se espalham e se repetem por toda a Mongólia, em portões, tapetes, cadeados e outros objetos de uso doméstico. Ganbold, que havia assumido o papel do guia turístico e vinha comentando compulsivamente todos os lugares por onde passavam desde que saíram do hotel (o prédio rosado da Ópera; o Palácio da Cultura, que era um edifício medonho e alto para os padrões locais, modernoso e um tanto extraterrestre, com ornamentos angulosos e a cúpula dourada; o pequeno prédio da bolsa, onde antes de 1992 havia um cinema; a construção neoclássica do Museu de Belas-Artes etc.), de repente, sem mais nem menos, começou a falar do rapaz desaparecido: "Eu o deixei no aeroporto. Despachamos as malas e tudo o mais. Eu o vi entrando na fila do controle de passaportes. Como é que podia imaginar que ele não tinha embarcado, que não tinha saído da Mongólia? Ele estava muito irritado comigo, porque me recusei a levá-lo para o oeste. Já estava na Mongólia fazia três meses. O visto ia vencer. Além disso, o dinheiro dele tinha acabado, e ele precisava esperar que mandassem mais do Brasil. Até que o dinheiro chegasse, já não seria uma boa época para nos aventurarmos por lá. Era o tempo de prepararmos toda a expedição, e já estaria nevando. As pistas podiam ficar bloqueadas de uma hora para outra. Foi uma decisão repentina dele, que eu não conseguia entender. O percurso que ele queria fazer era uma loucura naquela época do ano. Os lugares por onde ele queria passar ficariam logo inacessíveis. Eu não podia imaginar que ele não tivesse embarcado naquela tarde, até descobrir que estava a caminho do oeste com Purevbaatar".

Ganbold não conseguia disfarçar a própria perturbação. Por mais que não quisesse ter nenhuma responsabilidade, e por mais que de fato não fosse diretamente responsável pelo que acontecera, ainda assim se sentia de alguma forma comprometido com o desaparecimento do rapaz. "Purevbaatar deve ter uma explicação", repetia a propósito do outro guia, sempre que o Ocidental lhe fazia uma pergunta.

Ganbold e Purevbaatar nunca foram especialmente amigos, mas, ao que tudo indicava, só deixaram mesmo de se falar depois que o rapaz desapareceu. Ganbold o culpou por ter aceitado levar o brasileiro para os montes Altai no final do outono e por ter voltado para UB sem o seu cliente, o que era inadmissível. Tendo antes se recusado a levar o rapaz naquela viagem absurda, Ganbold se sentia no direito de pedir satisfações ao colega. Quando o Ocidental lhe perguntou por que o rapaz de repente decidira ir para os montes Altai e a razão de ter insistido tanto naquela viagem insensata e fora de estação, Ganbold desconversou. Aproveitou que passavam pelo mosteiro de Gandan para mudar de assunto e seguir discorrendo sobre as atrações turísticas da cidade — ou pelo menos foi assim que o Ocidental compreendeu, a prin-

48

cípio, ainda sem dados que lhe permitissem perceber que, na verdade, Ganbold apenas introduzia, de maneira indireta, o motivo que levara o desaparecido a decidir partir de uma hora para outra, e da forma mais intempestiva, para o oeste: "Este é o maior mosteiro de Ulaanbaatar. Foi um dos poucos que os comunistas decidiram manter de pé depois da Revolução de 1921, com a desculpa de que servia de registro histórico do passado do país, junto com Amarbayasgalant, no norte, e partes de Erdene Zuu, em Karakorum. Nós visitamos Amarbayasgalant logo que ele chegou, no primeiro fim de semana. Fomos num dia e voltamos no outro, de carro. Depois, ele visitou Erdene Zuu, quando passamos por Karakorum, exatamente na metade do caminho entre Khövsgöl e o Gobi. Os comunistas destruíram setecentos e cinqüenta mosteiros em toda a Mongólia e mataram trinta mil lamas, mas sabiam muito bem que, se tivessem demolido todos os mosteiros e assassinado todos os monges, não seria possível conter a revolta do povo. Para você ter uma idéia, em 1921, vinte por cento da população eram lamas. Todo mundo tinha pelo menos um monge na família. Os pais eram obrigados a dar pelo menos um dos filhos aos mosteiros. Por que você acha que os chineses ainda não acabaram de uma vez por todas com o budismo no Tibete?".

No diário, o rapaz comentava: Visita a Gandan. Não há a menor possibilidade de engolir os monges budistas. A estátua de vinte metros de altura no interior do templo principal foi feita por encomenda do chamado Oitavo Jebtzun Damba, que no começo do século xx foi nomeado Bogd Khaan, o último rei da Mongólia, e era cego por causa da sífilis. A estátua original acabou sendo enviada de presente a Stalin, em 1938, e foi desmembrada pelos russos. Com a queda do comunismo na Mongólia, os lamas mandaram fazer uma nova, graças a doações do Tibete e do Japão. O gesto da mão direita, com o dedo médio curvado sobre a palma da mão esquerda, quer dizer "aquele que desenvolve a consciência e faz ver". Segundo relato do explorador americano Roy Chapman Andrews, que descobriu várias espécies de dinossauros quando fazia escavações no deserto de Gobi, nos anos 20, o Bogd Khaan, que era considerado um Buda Vivo, a reencarnação da terceira autoridade mais alta na hierarquia do budismo tibetano, tinha um automóvel comprado em Xangai e ligava a bateria a uma corda que ficava pendurada na parede externa do seu Palácio de Inverno, de modo que os súditos e crentes, ao tocá-la em veneração, levavam um choque que lhes confirmava os poderes do soberano e líder espiritual, enquanto ele se divertia lá dentro, em seus aposentos, ao vê-los estrebuchar do lado de fora. Ganbold desconhece a história e a versão de que o rei-deus era um depravado sifilítico. Não acha a menor graça. Quando visitamos mais tarde o palácio de Bogd Khaan, vejo que, apesar de descrente no que diz respeito às religiões, ele não admite que um estrangeiro venha achincalhar os mitos nacionais. Fica indignado. Como se eu estivesse falando de sua mãe.

Parecia que eu estava ouvindo a mesma pessoa. De alguma forma, o desaparecido e o Ocidental tinham uma afinidade sinistra nas suas idéias etnocêntricas. A diferença, como eu acabaria entendendo, era que o desaparecido ainda tentava tratar o mundo como aliado. Era mais ingênuo ou otimista. O Ocidental não fazia esse esforço. O desconforto o levava a assumir com naturalidade o papel de adversário. Debatia-se com o mundo. No final das contas, repetiam os mesmos clichês. Execravam as sociedades orientais pela opressão que atribuíam à religião ou ao partido ou ao que quer que fosse. A Mongólia era um prato cheio. Com o fim do comunismo, o misticismo, cerceado durante setenta anos, tinha reemergido triunfante, como um fantasma recalcado.

Ao voltar a UB, depois da travessia do país com Ganbold, houve uma manhã em que o rapaz decidiu ir sozinho ao centro. Estava alojado num apartamento na periferia: Passo por Gandan e resolvo entrar. Sou o único estrangeiro. Enquanto admiro a estátua imensa que há dentro do templo, um monge que antes já tinha me encarado dá um tapinha no meu ombro e faz sinais para que eu o acompanhe até o lado de fora. Quer que eu fale com alguém, pelo que entendi. Ao sair do templo, no entanto, não encontra quem procurava, alguém que pudesse traduzir o que ele estava tentando me dizer, e desiste depois de um tempo. Faz outro sinal com a mão, como quem diz, irritado: "Deixa pra lá". Seu jeito não é dos mais simpáticos. Mais tarde, Ganbold vai me explicar que era preciso pagar para entrar no templo — pagar por ser estrangeiro, acho, já que não vi nenhum mongol pagando. Saio de Gandan e sigo para o centro. Ali perto, um xamã ou guru de algum tipo canta num microfone, sentado à porta de uma iurta, acompanhado por um garoto que toca morin khuur, a rabeca mongol. Diante deles, que estão sentados numa espécie de patamar mais elevado, um círculo de pessoas (fiéis, imagino) gira de mãos dadas em volta de uma tenda cônica (uma tepee, como as dos tsaatan) em cujo interior há uma águia ou ave de rapina empalhada. O negócio cheira a seita e a impostura.

Ao saírem de Gandan, Ganbold e o Ocidental tomaram uma rua lateral, de terra batida, que seguia por entre as iurtas na direção do noroeste da cidade. Ganbold morava ali perto: "Na verdade, vivo no mesmo bairro que Purevbaatar. Somos vizinhos". Devido à proximidade, os dois não tinham conseguido evitar uns tantos encontros casuais, mesmo quando já não se falavam. Antes de ligar para o pai do rapaz, antes de ouvir os gritos do velho no telefone, ele voltou a procurar Purevbaatar e conseguiu convencê-lo a lhe entregar os pertences do desaparecido, para que os remetesse ao Brasil. Mas logo se desentenderam. Não conseguiu deixar de pedir satisfações a Purevbaatar. Soube que ele andava lhe atribuindo parte da culpa pelo desaparecimento do rapaz. E, por orgulho, decidiu não se meter mais naquela história. Quando a embaixada brasileira em Pequim lhe telefonou para dizer que estavam mandando alguém para tomar pé no caso e que contavam com a sua colaboração, Ganbold resolveu que lhes entregaria a mochila e o diário e não daria mais as caras. Foi o desamparo do Ocidental que o desconcertou. Não podia se recusar a ajudá-lo, ele disse. E era só por isso que estava ali, a caminho de um almoço na casa de Purevbaatar, o que era impensável depois de meses sem lhe dirigir a palavra.

A rua de terra desembocava numa rua de asfalto que desembocava, por sua vez, numa avenida larga, com duas pistas separadas por um canteiro central de terra batida e ladeadas por conjuntos habitacionais de cerca de dez andares e por um comércio pobre. Agora, já se viam carros por todos os lados. A calçada às vezes era de concreto, outras, de terra, com barracas que vendiam de aparelhos eletrônicos a carne cozida e kebabs. Havia supermercados, bares, lavanderias e bancos. Era o que se podia chamar de subúrbio, embora estivesse a poucos minutos do centro. Não havia uma única árvore. Vira-latas magros atravessavam a avenida e vagavam pelas calçadas ou pelo canteiro central. Os prédios eram blocos de pastilhas brancas decorados com motivos geométricos ora azuis ora grená na lateral das fachadas. Eram como favelas verticais. "Foram construídos pelos russos nos anos 80", disse Ganbold, e o Ocidental se lembrou do início do diário que lera na véspera: A beleza da paisagem dos arredores de Ulaanbaatar, que avistei ao me aproximar de avião, contrasta com o choque da chegada ao bairro onde fui instalado, num prédio cuja entrada é terrivelmente fedida, a ponto de ter me provocado engulhos da primeira vez. Já não respiro quando passo por lá. Acho que é cheiro de banha de carneiro cozida, mas não me atrevo a perguntar, com medo de ofender meus anfitriões.

O Ocidental estava com a cabeça nas nuvens, pensando no diário do desaparecido, e por muito pouco não foi atropelado ao atravessar a avenida. Voltou a si ao ouvir a buzina do carro que passava zunindo e sentir a mão de Ganbold, que o agarrou pelo braço com firmeza e conteve o seu próximo passo, mais uma vez impedindo um acidente.

Os carros andam feito loucos pelas ruas de UB. Buzinam quando bem entendem, sempre que querem ultrapassar, quando avistam outro carro pela frente ou entrando na mesma pista, mesmo que esteja a trezentos metros de distância. Os motoristas não têm a menor noção das leis de trânsito nem das regras da boa educação. Fazem o que querem, quando querem. Buzinam a torto e a direito, jogam os carros em cima dos pedestres e avançam o sinal vermelho, cortam uns aos outros, dão fechadas uns nos outros.

"É a escola chinesa", disse Ganbold.

Quatro velhos jogavam cartas na porta do prédio de Purevbaatar, enquanto crianças brincavam na rua e no pátio entre os edifícios. Ao perceberem os dois visitantes que entravam, todos os olhares se voltaram para o Ocidental, como se ele fosse um extraterrestre. Conforme subiam as escadas até o quarto andar, Ganbold ficava mais apreensivo. Tinha marcado o encontro por telefone, depois de muito ponderar. Foi um esforço vencer o orgulho que o impedia de falar com Purevbaatar fazia meses. Não deixava de ser uma maneira de se desobrigar de toda responsabilidade, passando a bola adiante. O apartamento consistia em um quarto, uma sala, uma pequena cozinha e um banheiro. Purevbaatar morava com a mulher e dois filhos pequenos, que estavam brincando na rua. Foi ele quem abriu a porta. Era um pouco mais alto do que Ganbold e, embora também não fosse gordo, era bem mais forte. Tinha um ar jovial. Uma franja volta e meia lhe caía nos olhos. Seu rosto era redondo, com uma expressão simpática. Pelo menos à primeira vista. Era um homem bonito e, ao que tudo indica, um sedutor. Nasceu numa quinta-feira, daí o nome, que significava "herói de quinta-feira". Estudou em Londres. Falava inglês bem melhor do que Ganbold. Viveu com uma inglesa. Conheceram-se quando ele trabalhava para uma agência de turismo famosa por organizar cavalgadas pelas estepes da região de Khentii, berço e provável túmulo de Gêngis Khaan, no leste da Mongólia. As paredes da sala estavam forradas de tapetes alaranjados com desenhos de camelos entre dunas no deserto. Havia um televisor num canto, no chão, e no centro, uma mesa baixa, quadrada, de laca preta, sobre a qual tinham posto quatro tigelas e uma garrafa térmica. Sentaram-se em volta da mesa, no chão. Purevbaatar lhes ofereceu chá. Era o indefectível chá salgado, com leite, típico da Mongólia e do Tibete. Ganbold mantinha os olhos baixos. A televisão estava ligada. Assistiam a uma novela coreana. A novela era dublada em mongol, mas dava para ouvir os atores falando em coreano ao fundo. Era o grande sucesso do momento. O país parava para ver. Purevbaatar empunhou o controle remoto e tirou o som do televisor. A mulher veio da cozinha, com uma panela de sopa na mão. Era magra e muito pálida. Estava maquiada, o rosto coberto de pó-de-arroz, o cabelo preso com um palito japonês. O rosto era redondo e achatado. Cumprimentou Ganbold e sorriu para o Ocidental. Serviu a sopa e não abriu mais a boca ao longo do almoço. Depois de um minuto de silêncio, em que só se ouvia o barulho dos dois guias sorvendo o caldo gorduroso de macarrão e carne de carneiro com a boca grudada à tigela, Purevbaatar tomou a palavra e, sempre olhando para o Ocidental, começou a contar a história a partir do ponto em que Ganbold havia parado. Para ele, era o começo de tudo: "O que aconteceu no aeroporto o encorajou a ficar. Ele teria ido embora, como previsto, se Ganbold tivesse sido um pouco mais previdente". Surpreendido pelo que não esperava ouvir já de início, e que tomou por provocação, Ganbold engasgou e foi obrigado a pousar a tigela na mesa. Teve uma crise de tosse. Seus olhos flamejavam. Estava a ponto de voar no pescoço de Purevbaatar, que prosseguiu, sempre olhando para o Ocidental, como se nada tivesse acontecido e apenas a ele devesse alguma explicação: "Todo estrangeiro que pretende passar mais de um mês na Mongólia deve se registrar na polícia ao chegar e no final da viagem, antes de partir. Qualquer guia sabe disso. Acontece que ele não tinha se registrado e a polícia não o deixou embarcar. Mandaram-no voltar à cidade e resolver o problema na delegacia. Ele tentou argumentar de todas as maneiras. Explicou que não tinha sido avisado. Eles perguntaram onde estava o guia dele, mas o guia já tinha ido embora...". E, nesse momento, Ganbold se levantou num pulo, levando consigo a mesa, a sopa e o chá. Os dois começaram a discutir aos berros, em mongol, ainda que não se aproximassem um do outro. Não ousavam se tocar. A mulher, que tinha se levantado para buscar mais chá, voltou às pressas da cozinha e, junto com o Ocidental, conseguiu acalmar os ânimos. O Ocidental lhes passou um sermão, disse que não estava ali para perder tempo com cenas daquele tipo, precisava achar o rapaz. Eles podiam deixar para resolver suas diferenças mais tarde e entre si. Depois de limpar o estrago no tapete, a mulher deu mais uma tigela de chá a Ganbold, que se calou como um menino emburrado, e outra a Purevbaatar, que, embora também se fizesse de contrariado, acabou cedendo à insistência do Ocidental e retomou o que dizia antes do incidente, num inglês impecável não fosse o sotaque carregado. No fundo, tinha algo de sonso, como o Ocidental terminaria por descobrir, mas que, no primeiro contato, era encoberto pelo lado extrovertido e sedutor: "Ele ficou desesperado. Estava na fila de embarque. Já tinha despachado as malas. O avião decolava em meia hora. E, depois de tantos esforços e tantas horas de discussões inúteis para convencer Ganbold a levá-lo para o oeste, agora ele próprio já estava convencido a ir embora. Disse aos policiais que se dispunha a pagar uma multa se necessário, deu a entender que pagava o que fosse. Tinha uma conexão marcada para o Brasil no dia seguinte, não podia perder o vôo para Pequim. Mas nada os dissuadia. Não queriam deixá-lo partir. Diziam que ele podia pegar outro vôo, no dia seguinte, mas antes teria que resolver a sua situação na delegacia de polícia, em Ulaanbaatar. Ele tentava argumentar com gestos e mímicas, sob os olhos aterrorizados dos outros turistas estrangeiros na fila, que fingiam não estar vendo nada, com medo de que sobrasse alguma coisa para eles. Ele já estava muito irritado com...", e aí Purevbaatar olhou para Ganbold e pigarreou, "... estava muito irritado com tudo o que tinha acontecido, e agora mais aquela. Depois, me disse que os policiais mostravam um prazer explícito não só em exercer uma autoridade absurda sobre um estrangeiro impotente, mas em vêlo cada vez mais desesperado ao entender que não haveria razão capaz de dissuadi-los. Rebatiam alegando que eram as leis do país e que na Mongólia, ao contrário do que ocorria em outras partes do mundo, as leis existiam para ser cumpridas. Saiu dali furioso, à procura de um telefone. Não tinha mais trocados. Não havia meios de telefonar de uma cabine pública. Pediu aos funcionários da companhia aérea chinesa para usar um telefone da empresa. Mas ninguém o ajudou. Foi uma funcionária do aeroporto que, ao vê-lo naquele estado, permitiu que telefonasse do seu escritório. Infelizmente, o guia não tinha voltado para casa. São dessas coisas...". Não conseguindo mais se conter diante da acusação que lhe parecia não só injusta mas mesquinha, Ganbold se insurgiu: "Eu estava no táxi, a caminho de casa!". Purevbaatar aproveitou a interrupção para beber um gole de chá antes de retomar impávido o que dizia. Parecia satisfeito com o resultado da provocação: "Não havia ninguém em casa. Deu com a secretária eletrônica. Chegou a pensar em deixar um recado, mas entendeu que teria sido inútil. E foi enquanto esperava que lhe trouxessem as malas, que já tinham sido despachadas, que ele teve a idéia. Não o reprovo. Eu teria raciocinado como ele. É natural. Se já estava em situação irregular, tinha perdido o avião e agora era obrigado a voltar para a cidade, não via por que não aproveitar a ocasião para fazer a viagem que tanto queria, pelo oeste. Eu também teria tomado o contratempo como um sinal da providência. Folheou a caderneta de telefones, e o único outro número que ele tinha em Ulaanbaatar era o meu, no meu cartão...".

"Eu só queria entender como é que ele sabia da sua existência", interrompeu Ganbold, sarcástico, sem olhar para Purevbaatar.

"Nós nos encontramos em Karakorum, em julho, um dia depois do Naadam. Foi uma casualidade. Eu nem sabia que você era o guia dele. Ele estava fotografando o mosteiro sozinho, e eu acompanhava duas americanas. Ele me pediu uma informação, nós conversamos um pouco, e eu lhe dei o meu cartão. Foi só isso", Purevbaatar respondeu, sem se alterar.

Num dos templos de Erdene Zuu, o mosteiro construído sobre os restos da capital do Império mongol em Karakorum, está exposto um cutelo do século XVIII. Era usado para "cortar a aorta dos inimigos da religião", ou seja, dos ateus e dos descrentes. Os lamas budistas não eram os santos homens que o Ocidente imagina. Não suportavam a diferença. Há histórias incríveis de assassinatos entre seitas divergentes no Tibete e na Mongólia. Embora a versão mais difundida diga que Danzanravjaa — grande líder da seita budista de chapéu vermelho, que é francamente minoritária na Mongólia —, além de iniciado nas práticas tântricas e proclamado rei da região do Gobi, em 1809, à revelia dos chineses, foi assassinado pelos manchus, há rumores de que tenha sido vítima de monges de chapéu amarelo, os gelugpa, que ainda hoje são maioria absoluta entre os lamas mongóis. Autoritária e repressiva, a Igreja budista, como a católica ou qualquer outra, pode ser igualmente moralista e hipócrita em extremo. Por que seriam diferentes do resto dos homens? Ao contrário do que se pensa, no budismo também há representações do inferno para os pecadores. Basta visitar o mosteiro de Choijin Lama em UB. Todo o mosteiro foi convertido num museu dedicado à expiação dos pecados, às punições, às representações dos infernos e dos demônios de proteção. Nas pinturas, as torturas mais pavorosas são comandadas por pacíficos e impassíveis monges budistas e administradas por demônios-capatazes. E a representação do paraíso é um templo com monges que voam de lá para cá e daqui para lá, como anjinhos. Noutro templo de Erdene Zuu, deparo com uma pintura sobre um tecido roto. É uma <u>tanka</u> em que reconheço a mesma deusa vermelha sobre a qual uma guia passou horas discorrendo, no Museu de Belas-Artes de UB, sem que eu tivesse lhe perguntado nada. É uma entidade demoníaca, com uma coroa e um colar de cinqüenta crânios, que tenho a pachorra de contar. Tem o sexo exposto e entreaberto. Numa das mãos, traz o tampo de um crânio cheio de sangue, como uma cuia da qual ela bebe. Na outra, segura um cutelo. Com o pé direito pisa num corpo vermelho e com o pé esquerdo, num corpo negro. Dois esqueletos dançam entrelaçados entre suas pernas abertas. Não lembro como se chamava no museu em UB. Aqui ela se chama Naro Hajodma. E o que mais me espanta é que, na etiqueta informativa, logo abaixo do nome, seja definida como "deusa-guardiã do Tantra". A guia de Erdene Zuu que Ganbold pagou para me acompanhar, enquanto ia resolver um problema com o furgão de Batnasan, não sabe me dizer nada sobre a deusa. Diz que já perguntou aos monges, mas que eles nunca revelam nada, se recusam a falar com leigos sobre assuntos de religião. É incrível que haja uma representação tão manifestamente ligada ao sexo e à sabedoria tântrica como esta, a dimensão mais essencial e secreta do budismo mongol e tibetano, e que ninguém saiba nada sobre ela. A guia fica muito curiosa pelo meu interesse e pede que lhe conte o que sei. Repito a versão da guia do museu de UB: Naro Hajodma era uma mulher que só pensava nas coisas materiais e nos prazeres mundanos. Quando surge a possibilidade de receber uma herança, ela não admite a idéia de ter de dividi-la com outros membros da família e decide procurar um xamã, a quem pede para se livrar dos que têm direito a disputar com ela o legado. Ao voltar para casa, encontra a família morta. Desesperada com o mal que causou, sai à procura de um mestre. Quer saber o que fazer para ser perdoada, para se livrar da dor e se purificar da culpa. O mestre a aconselha a se isolar do mundo, e durante anos Naro Hajodma se recolhe e medita nas montanhas. Um dia, volta à cidade e encontra um grupo de prostitutas. Tenta convencê-las a abandonar aquela vida de sofrimento, mas ninguém a leva a sério. Todas riem e escarnecem. Para convencê-las do poder da vontade e da sua purificação, Naro Hajodma bebe o sangue de um bandido assassinado. Fica toda vermelha, mas não morre. E todos, convencidos da sua pureza, passam a segui-la nos seus ensinamentos. A guia me agradece pela história, quando nos despedimos do lado de fora do templo. Ainda quero fazer algumas fotos em Erdene Zuu. Ando ao longo do muro, à procura do melhor ângulo. Um guia mongol, que acompanha duas americanas — uma gorda e baixa, a outra magra e alta, ambas com cerca de cinqüenta e tantos anos —, se aproxima de mim enquanto as duas tiram fotografias do mosteiro e se apresenta. Diz que ouviu parte da minha história sobre a deusa no templo. Diz que as americanas ficaram muito interessadas. São da Califórnia. Envolveram-se com grupos budistas em San Francisco e decidiram vir à Mongólia e ao Tibete em busca de não sabiam bem o quê. Em tom de chacota, diz que já cataram ossos de animais pelo deserto e que agora estão obcecadas por coisas do budismo que ele não sabe responder. Ele quer saber qual o meu interesse por aquela pintura. Eu lhe falo da guia no museu de UB, que, entre centenas de obras, escolheu justo aquela para discorrer por quase meia hora sobre a representação da deusa vermelha. Digo que acredito nas coincidências. E agora, ainda por cima, eu acabava de descobrir que a tal deusa era guardiã do Tantra. Fico esperando a sua reação, mas ele também não sabe de nada. Nunca ouviu falar do Tantra, o que é incrível. Não sei se está falando sério. Pergunto o que significa a pedra fálica esculpida pelos lamas na saída de Karakorum, apontada para uma fenda natural no morro, que lembra uma vagina. Ele diz que os lamas esculpiram a pedra para aplacar o desejo dos jovens monges pelas moças da cidade. Me parece ambíguo. Aplacar ou excitar? Vejo sexo por todos os lados. Até na cerimônia dos lamas a que assisti pela manhã em Erdene Zuu. Mas é como se ninguém estivesse vendo nada. As turistas americanas o chamam, e ele sai sem me responder. Antes de ir, ainda me estende um cartão e diz que, se algum dia eu voltar à Mongólia, posso contar com ele. Não me parece um sujeito confiável. Deve ser mais um oportunista.

Já não havia clima para nada. Purevbaatar se levantou e pediu ao Ocidental que o acompanhasse até o quarto. "Preferimos dormir no chão, como nas iurtas. Faz lembrar a estepe", disse, ao notar a perplexidade do convidado diante da ausência de camas no apartamento. No quarto, havia uma estante com poucos livros, a maioria sobre a Mongólia. De uma das prateleiras, onde estavam dispostos também os retratos da família, ele tirou uma caderneta Moleskine, com a indefectível capa preta, idêntica à do diário que o Ocidental havia lido na véspera, no hotel. "Ele deixou este diário interrompido. Podia tê-lo entregado a Ganbold, com as outras coisas, mas nos desentendemos e eu preferi guardá-lo. A gente nunca sabe. Ganbold saiu espalhando por aí que a culpa era minha, e eu achei que pudesse usar o diário contra mim. Não leio português. Não sei o que ele pode ter deixado escrito. Não era um rapaz muito fácil. Você sabe... Quando viajamos pelos montes Altai, o motorista o apelidou de *Buruu nomton* — aquele que não segue os costumes e não cumpre as regras, o que vocês chamam de desajustado no Ocidente. E, entre nós, quando ele não estava por perto, só o chamávamos de *Buruu nomton*", disse Purevbaatar, já pronto para rir, mas ficou sério e prosseguiu ao notar que o Ocidental não tinha achado graça: "Por razões que eu posso explicar mais tarde, acabamos ficando retidos em Ölgiy. Nos últimos dias, ele me encheu a paciência, e nós brigamos. Queria porque queria dar meia-volta e refazer todo o caminho que já tínhamos feito. Achava que a gente tinha passado, sem perceber, pelo lugar que ele procurava. Estava obcecado por um lugar, mas não sabia onde ficava. Queria fotografar aquela paisagem de qualquer jeito. Partiu sozinho, a cavalo. E desapareceu. Ninguém sabe até onde pode ter conseguido chegar com aquele tempo. Eu ainda pensei em segui-lo no dia seguinte, quando percebi que ele tinha ido embora, mas fui impedido por uma nevasca. E além do mais estava proibido de sair da cidade. A polícia em Ölgiy não registrou o meu depoimento quando ele desapareceu. É uma longa história. Não falo cazaque, e os sujeitos que me atenderam mal falavam mongol. Ficaram com medo de comunicar o desaparecimento de um estrangeiro a Ulaanbaatar. E eles tinham as suas razões. Ele não deixou rastros. É como se não tivesse passado por ali. Nunca mais se ouviu falar dele. Deixou o diário. Até onde eu sei, deve estar tudo aí. Se você tiver alguma dúvida, basta me telefonar. Acho que é melhor assim. Leia o diário primeiro, e depois nós conversamos. Para mim é mais simples responder se você perguntar", disse o guia. Depois, abriu a gaveta de uma cômoda e tirou um passaporte. "Ele também deixou isto aqui. É uma longa história. Fugiu quando a polícia de Ölgiy reteve os nossos documentos, quando fomos pedir autorização para ir à reserva de Tavanbogd. Não só não deram a autorização — nem podiam, com aquele clima, era muito arriscado —, como retiveram o passaporte dele, a minha identidade e a carteira do motorista. Temiam que partíssemos para Tavanbogd mesmo sem a autorização. Ficamos presos em Ölgiy. Só nos devolveriam os documentos no aeroporto. Não dava para ele ir muito longe sem isto", arrematou, diante da perplexidade do Ocidental, enquanto lhe estendia o passaporte do desaparecido. "Você deve estar se perguntando por que esperamos tanto tempo, para só partir às vésperas do inverno. Ele estava sem dinheiro quando me procurou. Eu o abriguei na minha própria casa. Renovamos o visto e ficamos esperando o dinheiro chegar do Brasil. Demorou quase dois meses. E quando chegou, depois de tanta expectativa, eu já não podia decepcioná-lo."

Purevbaatar estava constrangido. Não dava para saber se ele se arrependera de não ter colaborado até então ou se sempre estivera disponível e simplesmente não se sentia à vontade para tomar iniciativas daquela ordem, como ligar para a família do cliente desaparecido, no Brasil. Não dava para saber se a sua resistência era apenas conseqüência de uma disputa com Ganbold. Na cabeça de Purevbaatar, era possível que não soubesse o que dizer aos parentes do rapaz, mas que estivesse às ordens quando o procurassem. Como não havia representação diplomática do Brasil na Mongólia, tinha guardado o passaporte até alguém reclamá-lo. E não via nada errado nisso. Tinha um lado um pouco bruto, selvagem. Não dominava os códigos sociais. E isso também podia ser, ao contrário do que o desaparecido tinha escrito no diário, um sinal de honestidade. Pelo menos, à primeira vista. O Ocidental procurou as últimas páginas do diário. As anotações terminavam de repente e sem explicações, com uma descrição sem maior interesse da cidade de Ölgiy, no extremo oeste do país.

Saindo do edifício de Purevbaatar, o Ocidental pediu a Ganbold que o levasse ao prédio onde o rapaz ficara alojado logo ao chegar a Ulaanbaatar e nas últimas semanas antes de ser impedido de embarcar no aeroporto. Não era longe dali. Caminharam entre os blocos dos conjuntos habitacionais. Ganbold ainda não tinha se

63

recuperado da discussão com Purevbaatar. Ia amuado, olhando para o chão e chutando pedras. As crianças brincavam nos pátios, e os velhos jogavam em mesas armadas nas portas dos edifícios. Muitos olhavam para o Ocidental. Alguns chegavam a parar. Não era um bairro de estrangeiros. Não era comum ver turistas por ali. A entrada do prédio era imunda. Havia um cheiro horrível, provavelmente da banha de carneiro de que o rapaz falava no diário. Se fosse no Brasil, o Ocidental não teria se arriscado a pôr os pés ali dentro desacompanhado. A sensação era a de entrar num antro de criminosos. Algumas crianças desciam e subiam as escadas, correndo. As paredes do interior eram pintadas de um azul cintilante. No resto, tudo era muito sombrio. Não havia luz no hall que antecedia a porta de entrada do apartamento, no segundo andar. "Não adianta trocar a lâmpada. Coloquei uma faz dois dias. Eles roubam", disse Ganbold, sem graça, tentando encontrar a fechadura com a chave, no escuro. Só quando ele a abriu é que o Ocidental pôde ver, graças ao rangido mas sobretudo à luz que agora vinha de dentro do apartamento, que a porta era na realidade uma chapa de ferro. "Tentaram arrombar mais de uma vez, e nós decidimos instalar mais essa proteção, como garantia. Não é uma segurança absoluta, mas pelo menos serve para desencorajá-los", disse Ganbold. O apartamento estava vazio. Antes de entrarem, o Ocidental notou que, ao ouvir o barulho no corredor, alguém havia entreaberto a porta do vizinho. Era só uma fresta. E uma pessoa baixa, ou simplesmente curvada, se mantinha atrás da porta, ouvindo o que os dois falavam em inglês. O Ocidental chegou a entrever a cabeça de alguém, mas não pôde distinguir se era de um velho ou de uma criança. A planta e a metragem do apartamento eram idênticas às do apartamento de Purevbaatar. Um quarto-e-sala, com uma pequena cozinha e um banheiro. A vista era menos opressiva. Em vez da fachada dos outros prédios, havia as chaminés das usinas de carvão ao longe, com as montanhas ao fundo. "Todo o tempo que passou em Ulaanbaatar, enquanto esteve sob a minha responsabilidade, ele ficou aqui. Mantemos este apartamento para quando o meu sogro vem para a cidade no inverno. No verão, fica vazio e mobiliado. Veio a calhar. Ele podia ficar sozinho, e era mais barato do que um hotel", disse Ganbold. Ainda estou me adaptando. Cheguei faz quatro dias. São três da manhã. Acordo assustado, com gritos no corredor do lado de fora. Alguém está esmurrando a porta do apartamento. Fico quieto. Não me mexo. Como o sujeito não obtém resultado, fica tamborilando na porta. E depois volta a esmurrá-la. Só me resta esperar que se canse de bater ou que algum vizinho venha dissuadi-lo. Grita coisas que não posso entender. Deve estar bêbado. Deve ter errado de andar. A cena vem se repetindo todas as noites. Vou acabar me acostumando. Janto no centro. Ganbold me acompanha, mas não come nada, e depois volta para jantar com a família, em casa. Não moram longe daqui. Voltamos de táxi. Ganbold sempre me traz até a porta e não se despede até ter certeza de que estou em segurança, dentro do apartamento, com a porta trancada. Diz que não devo abri-la em hipótese alguma. Diz que não devo sair sozinho à noite. Por causa dos bêbados. E é claro que o conselho não contribui para melhorar a minha impressão da cidade.

De volta ao hotel no meio da tarde, o Ocidental começou a ler o segundo diário, que recebera de Purevbaatar. No alto da primeira página, estampado em letras de imprensa, havia um nome: Narkhajid. Era como um título que tivesse sido acrescentado no espaço exíguo que sobrava acima da primeira linha e que retrospectivamente desse sentido a todo o resto. O diário começava dias antes do suposto e malfadado embarque do rapaz para Pequim.

65

Buruu nomton. Estava de volta a Ulaanbaatar, depois da viagem com Ganbold, que o levara de Khövsgöl ao deserto de Gobi. Eram, em princípio, os seus últimos dias na Mongólia, e nada indicava que pretendesse ficar ou estender a sua permanência. Curiosamente, ainda não tinha sido tomado pela urgência inexplicável de empreender uma nova expedição, agora pelo oeste do país. Estava pronto para ir embora. Tinha cumprido a sua missão para a revista de turismo, até que Ganbold, inadvertidamente, lhe propôs visitar um templo de monjas budistas. E foi quando, de uma hora para outra, ele mudou de idéia e passou a insistir que precisava de qualquer jeito ir aos montes Altai antes de deixar a Mongólia.

Ganbold acha que a visita ao templo pode ser interessante. Pode render boas fotos se elas se deixarem fotografar. Teremos que negociar. Não sabia que existiam mosteiros só de monjas. Já não estou com disposição para ver mais nada, muito menos outro templo budista. Minha cabeça já foi embora. É sempre assim no fim das viagens. E ainda por cima deixei algumas coisas de última hora para resolver na cidade, preciso passar no correio e no banco, mas aceito a proposta de Ganbold. Ele me garante que o templo não fica longe de casa, podemos ir a pé, de manhã, a tempo de assistir à cerimônia das onze. Depois pegamos um táxi até o centro. Diz que não vou me arrepender. Caminhamos entre os conjuntos habitacionais, pelos pátios que estão vazios a esta hora. Já está começando a esfriar nesta época do ano. Posso imaginar o inverno. O mosteiro, que fica ali perto, consiste em três prédios: o templo propriamente dito, que é uma pequena construção quadrada, no estilo chinês, no centro do terreno; uma espécie de anexo térreo à esquerda, e um pequeno prédio ainda em construção, um caixote de alvenaria, de dois andares, à direita. Tudo é muito pobre e simples. Acima da entrada principal, há uma tabuleta com o nome do templo em cirílico, Narkhajid Süm, entre quatro suásticas, uma em cada canto. Presto mais atenção nas suásticas do que no nome. Quando entramos, a cerimônia já começou. As monjas usam a tradicional roupa vermelha. Mas, ao contrário da maioria dos lamas mongóis, que segue os ensinamentos e os ritos dos gelugpa, de chapéu amarelo, elas usam chapéus vermelhos. São da seita kagyupa. São muito jovens. A gente senta num dos bancos de madeira nas laterais. Uma velha de óculos, assistida por uma menina pequena, sua neta provavelmente, se atira várias vezes ao chão. Fica prostrada por um segundo sobre um pequeno colchão que as monjas lhe forneceram. Depois, se levanta com as mãos juntas sobre a cabeça e se atira de novo. Demoro a entender que não é ao Buda que ela faz as suas reverências. De onde estou, não dá para ver o altar, por causa das colunas. É só quando resolvo circular pelo interior do templo, uma vez que a cerimônia principal já terminou e restam apenas algumas monjas recitando os sutras, que por fim a imagem surge diante dos meus olhos como uma iluminação. Ganbold está me esperando do lado de fora. Não me mostrei muito interessado durante a cerimônia. Deve ter achado que eu estava impaciente, com pressa de ir embora, decepcionado com o lugar e sem interesse de fotografar as monjas. Fico paralisado por uns instantes, perplexo diante do altar. Não acredito no que estou vendo. Saio para chamá-lo. Não podemos ir embora. Tenho que falar com as monjas. No altar, há uma única estátua. É a deusa vermelha que bebe sangue de um crânio em forma de cuia. É a mesma deusa que vi no Museu de Belas-Artes e em Erdene Zuu. Naro Hajodma é Narkhajidma ou Narkhajid. E este é o seu templo.

O Ocidental voltou ao início do primeiro diário, à procura do trecho em que o rapaz descrevia a visita que fez ao Museu de Belas-Artes logo quando chegou a Ulaanbaatar: De manhã, Ganbold me leva ao mercado de Narantuul. Um rapaz bêbado está caído no chão — seus gemidos são quase imperceptíveis —, com uma poça de sangue debaixo do ouvido. Está semiconsciente. Ninguém faz nada. Pegamos um táxi até o Museu Zanabazar. É um prédio verde, de colunas brancas, no estilo neoclássico russo. Ganbold não está nem um pouco interessado em me acompanhar. Deve ter visitado o museu centenas de vezes, por obrigação, com outros clientes. Me arruma uma guia na recepção e diz que me espera do lado de fora. É uma senhora muito viva e pequena. O diabo é que mal fala inglês e está louca para treinar a língua. É difícil entender o que está dizendo. Não pára de falar. Passamos por pedras com inscrições turcas do século VII, pinturas primitivas e máscaras folclóricas, tecidos pintados com motivos religiosos (tankas), esculturas seiscentistas de Buda e representações de Tara feitas pelo mestre Zanabazar, um espírito polivalente, que criou o símbolo nacional e um alfabeto próprio e é considerado não só o primeiro líder budista (Jebtzun Damba ou Bogd Gegen) do país, mas o maior artista mongol de todos os tempos. Para minha sorte, ela comenta por alto as obras sem se ater a nenhuma, como se já soubesse do meu desinteresse. Ainda assim, pela maneira como se desculpa o tempo inteiro pelo inglês enferrujado, sinto que está encantada de poder exercitá-lo. E que não pretende parar tão cedo. Na melhor das hipóteses, entendo um terço do que ela fala. No primeiro andar, ao abrir uma sala reservada às pinturas religiosas, segue direto para um quadro ao fundo, em que se vê uma deusa vermelha, cujo nome eu não compreendo, e começa a contar uma lenda cheia de detalhes que seu inglês obviamente não pode expressar, o que torna

68

o relato ainda mais exaustivo e tortuoso, conforme ela tenta formular alternativas para o que não consegue dizer, tomando desvios que me parecem intermináveis. Diz que a deusa tinha sido uma mulher gananciosa, mas um dia, horrorizada com a conseqüência dos seus desejos, se arrependeu, se retirou do mundo e se purificou etc. Leva horas nos detalhes, como uma criança. É mais que um suplício. Enquanto fala, sorri para mim. E pede os meus olhos. De vez em quando, pergunta se estou entendendo. Digo que sim, sempre. A figura no quadro é perturbadora, uma espécie de demônio feminino que bebe o sangue derramado de um crânio. No final do relato, que dura quase meia hora, ela me pergunta se acredito em alguma coisa. Já estou exausto, com a cabeça distante. Levo uns segundos para ouvir o que ela está me perguntando, mas antes de poder responder, ela mesma se adianta e diz: "Pois eu acredito em tudo", sempre sorrindo. Diz que adora acreditar.

O Ocidental ficava cada vez mais intrigado com a história que ia montando aos poucos, com os dois diários, como um quebra-cabeça. Pulava de um para o outro. Voltou ao segundo, à parte em que Ganbold e o rapaz visitam Narkhajid Süm: Tentamos falar com a monja superiora. Ganbold se dirige às que ficaram no templo e lhes explica que sou um fotógrafo brasileiro e que estou interessado em informações sobre Narkhajid. Parece piada. Imediatamente, passam a nos evitar como o diabo à cruz; dizem que estão ocupadas, que não têm tempo, quando é evidente que não estão fazendo nada. Não querem falar. Não querem se comprometer. Ganbold me diz que estão morrendo de medo. Deve ser a herança comunista. Somos mandados de uma para outra, num movimento sem fim, como se tivessem aprendido a burocracia soviética e a tivessem incorporado ao budismo. Ganbold também vai se irritando. Finalmente, nos mandam procurar uma monja que prevê o futuro numa salinha no subsolo do templo. A palavra marcada na porta quer dizer "Astrologia" ou "Adivinhação", segundo Ganbold. Um velho e uma criança com um revólver de brinquedo nas mãos esperam para ser atendidos. Ganbold se adianta, bate na porta e pergunta alguma coisa, mas lá de dentro a monja repete ríspida a ladainha das outras, que também não pode falar, está ocupada etc. Ninguém quer se comprometer com nada. Como se bastasse abrir a boca para ser condenado. Saio dali furioso com o culto da ignorância, seja lá por medo ou pelo que for, sob os olhares dissimulados de todas as outras que já nos haviam rejeitado com evasivas e desculpas. Para se ter uma idéia, no final dos expurgos perpetrados pelos comunistas contra budistas, dissidentes e intelectuais, nos anos 30, restaram apenas cinco pessoas com mais do que o curso ginasial completo em toda a Mongólia. Saio esbravejando com Ganbold, que não sabe o que dizer. Também não entende o comportamento das monjas. Já estamos fora do templo, e eu ainda sem conseguir conter a minha raiva e a minha frustração, quando noto que ele já não está ao meu lado. Parou alguns passos antes de mim e se virou para trás. Levo uns instantes até perceber que alguém nos chama, e que é essa a razão de ele ter parado e se virado para trás. É uma monja gorda, de óculos redondos, com aro de metal, e cabeça raspada, uma figura andrógina que vem correndo na nossa direção. Ela nos alcança e fala com Ganbold. Sua voz é esganiçada. Não dá para saber se por ter corrido e estar ofegante ou se é sempre assim. Ganbold me diz que ela tem coisas para nos contar sobre Narkhajid. E antes mesmo que ele possa me explicar o quê, a monja careca desembesta a falar, como se tivesse pressa ou medo de ser pega em flagrante. De vez em quando, olha para mim — na verdade, é a mim que ela gostaria de estar contando a história. Ganbold aproveita esses breves intervalos para traduzir o que ela diz. É a história de uma fuga, em 1937, durante o Grande Expurgo. É a história de um grande lama, guiado por uma jovem monja por um caminho secreto pelos montes Altai, até a China. Ganbold mal consegue começar a traduzir o que diz a monja careca, e ela já está falando de novo, um pouco afoita, um pouco louca, que não é a imagem típica dos budistas e destoa completamente das que acabamos de ver, tão contidas, no templo. De repente, pára de falar, olha para mim de novo, se despede de Ganbold e volta correndo para o mosteiro. Desaparece, como uma fugitiva, no prédio que ainda está em construção. Pergunto a Ganbold o que mais ela disse. Na primavera de 1937, um velho lama, o khamba (autoridade máxima) de um mosteiro destruído pelos comunistas no norte, na fronteira de Khövsgöl com Arkhangai, conseguiu escapar disfarçado de nômade e chegar a cavalo até a atual província de Gobi-Altai, uma das mais pobres e desérticas da Mongólia. Ganbold está com lágrimas nos olhos e uma expressão de espanto. Ele me diz: "Você não vai acreditar, mas esse mosteiro de onde vinha o velho lama era o mesmo Ariin Khuree, no vale de Orookh, por onde nós passamos há dois meses!". O plano do khamba fugitivo era atravessar a fronteira pelas montanhas ou pelo deserto, por trilhas desconhecidas dos comunistas, e chegar até o Tibete. Quem lhe mostrou o caminho foi uma jovem nômade da região. Sem ela, ele não teria conseguido. O interessante é que essa jovem havia sido monja no mosteiro Dari Ekhiin, em Ulaanbaatar, mas abandonara a religião depois de ter sido violada por um lama, ao que parece pelo próprio khamba de Ariin Khuree, segundo entendeu Ganbold. O curioso é que ele a tivesse procurado em busca de ajuda e que ela o tivesse salvado apesar de tudo. Pergunto a Ganbold o que a história tem a ver com Narkhajid, e ele me fala de uma visão.

A passagem se interrompia ali, de repente, hermética. O trecho que vinha em seguida já não tinha nada a ver com a história da monja. O Ocidental olhou o relógio. Eram vinte para as cinco. O céu continuava claro e límpido. Se corresse, ainda pegava o museu aberto. Precisava ver a imagem da deusa. Não havia mais nada sobre ela naquela parte do diário. E, mesmo que houvesse, ele já não tinha tempo para decifrar as garatujas do desaparecido, *Buruu nomton*, o desajustado. No mapa, o Museu de Belas-Artes não ficava longe. Passaram por lá de manhã, a caminho da casa de Purevbaatar, ele e Ganbold. Saiu correndo pelas ruas desertas do centro. Atravessou a grande esplanada de concreto diante do Parlamento e do túmulo de Sükhbaatar, o herói nacional, agora povoada de grupos de pedestres que passeavam na tarde de domingo. Era uma tarde agradável e melancólica. O prédio neoclássico verde e branco do museu achava-se em péssimo estado. O abandono sobressaía sob a luz amarelada do fim de tarde. O hall sombrio antecedia uma grande escada. Quando entrou, não havia ninguém na bilheteria. Com a chegada do visitante, um velho de óculos saiu de uma sala lateral e assumiu a caixa. Apontou para o relógio na parede, dando a entender que o museu fechava em menos de uma hora. O Ocidental comprou o ingresso assim mesmo e perguntou se havia um guia disponível. Pensava que poderia ter a sorte de encontrar a mesma senhora que tinha contado a história da deusa demoníaca ao rapaz. Ao ouvir a palavra *guide* repetidas vezes, e mais uma vez recorrendo aos gestos, só que agora mais irritado, o velho bilheteiro deixou claro que não havia mais ninguém àquela altura. Às cinco da tarde, num domingo, já não restavam nem mesmo os funcionários. O museu estava vazio. As lojinhas de lembranças no hall de entrada estavam fechadas. O velho saiu da bilheteria e indicou o caminho ao Ocidental, apontando para o alto da escadaria. Ele subiu ao primeiro andar. Passou indiferente por objetos que no seu entender eram de interesse exclusivamente histórico, folclórico ou antropológico. Continuou pela seção das esculturas budistas de Zanabazar. Atravessou salas e mais salas, até que chegou às pinturas religiosas, sobre pergaminhos e tecidos. Havia várias representações do Buda e de Tara, que não o interessavam, assim como uma quantidade de mandalas. Até que teve a impressão de avistar, num canto, atrás de uma coluna, as formas vermelhas de um corpo contorcido, dissimuladas pelos reflexos do vidro de proteção. Ele se aproximou. Era uma mulher vermelha e nua, com um terceiro olho na testa e uma coroa de pequenos crânios na cabeça. O sexo estava entreaberto, à exposição. Como uma dançarina, mantinha as pernas afastadas e os pés apoiados sobre dois corpos ou cadáveres deitados no chão. Entre as pernas da deusa, dançavam dois esqueletos entrelaçados. Ela usava um longo colar de pequenos crânios, que pendia do pescoço até o meio das pernas. Empunhava um cutelo na mão direita e, na esquerda, o tampo de um crânio humano cheio de sangue, que ela derramava, como o vinho de uma cuia, em sua boca arreganhada de dentes. Era Narkhajid.

**

Ligo para Ganbold assim que entro no quarto do hotel e lhe digo que não posso passar a vida a decifrar os rabiscos desses diários: "Há um mosteiro de mulheres. Chama-se Narkhajid Süm. Não é longe de onde você mora, é? Gostaria que me levasse até lá.

E acho que não preciso explicar a razão. No diário, ele também fala de um museu em homenagem às vítimas do comunismo. Você sabe me dizer onde fica?".

Às dez e meia da manhã seguinte, de acordo com as instruções de Ganbold, o Ocidental tomou um táxi na porta do hotel. Quinze minutos depois, o motorista o deixou diante do cine Orgoo, uma espécie de mausoléu dourado e preto que se erguia num descampado entre os conjuntos habitacionais na periferia noroeste da cidade. Ele reconheceu o prédio que visitara na véspera com Ganbold, do outro lado da avenida em que por pouco não havia sido atropelado, e a atravessou com redobrada atenção, sob os olhares do guia, que já o aguardava na porta do edifício. Seguiram a pé, por entre os conjuntos habitacionais construídos pelos russos, até Narkhajid Süm. Era uma caminhada de dez minutos. Ao se cumprimentarem, não foi preciso esclarecer nada. Ganbold já sabia o que o Ocidental esperava dele. Tinha dificuldade para falar. No caminho, o Ocidental lhe disse: "É estranho que uma pessoa que demonstra tanto repúdio pelas igrejas e pela religião, como pude ler nos diários dele, tenha se interessado tanto por uma deusa, não acha? A ponto de mudar todos os seus planos. Foi você que o trouxe ao mosteiro. Deve saber do que estou falando".

"Vamos até lá, mas duvido que elas nos recebam. São umas toupeiras. Assistimos à cerimônia, se você quiser, e tentamos achar a monja que nos contou a história. Prefiro que você ouça dela mesma", disse Ganbold, antes de se calar de novo, quando já se aproximavam do mosteiro.

Entraram por um portão lateral. Um dos prédios, que um ano antes devia estar em construção e possivelmente era onde a monja careca desaparecera depois de lhes contar a história da fuga do lama em 1937, agora servia de escola, uma espécie de centro preparatório para a formação de religiosas. Seguiram até o templo. Era uma construção modesta. Reproduzia as formas de um templo chinês, mas com materiais muito pobres. A cerimônia já tinha começado. Alguns leigos assistiam sentados em bancos laterais, de madeira. Volta e meia, uma das monjas entregava alimentos e bebidas a um homem com aspecto doentio e triste. E às vezes o chamava para tomar parte em algum tipo de ritual, enquanto as outras continuavam lendo os sutras. O homem estava vestido com uma camisa social branca e uma calça cinza. Ganbold explicou ao Ocidental que o sujeito devia ter pago pela cerimônia, devia ter feito algum pedido, e por isso a sua participação era personalizada. O Ocidental queria saber o que diziam os sutras rezados a pedido do homem doentio e triste. Queria saber o que o tinha levado a convocar uma cerimônia. Segundo Ganbold, os sutras eram em tibetano e ninguém os entendia na Mongólia, muito provavelmente nem mesmo as monjas que os repetiam naquela ladainha. Uma das exigências feitas aos candidatos à vida monástica era justamente a capacidade de memorizar esses textos numa língua que não conheciam, embora houvesse antigas traduções em mongol clássico, escritas no alfabeto uigur, que nunca eram usadas. Entre as monjas, havia algumas muito jovens e bonitas. Para o Ocidental, era difícil deixar de pensar que deviam estar ali para esquecer alguma coisa. O que ele chamava de esquecimento, para elas podia ser libertação. No altar ao fundo, ele reconheceu a imagem de Narkhajid, a estátua vermelha de uma mulher com um crânio cortado em forma de cuia na mão esquerda, entornando o sangue, como se bebesse vinho, e um colar de cinqüenta crânios menores pendurado no pescoço. Mais que uma deusa, a figura lembrava uma entidade demoníaca do candomblé. De repente, uma das monjas, de óculos e rabo-de-cavalo, se levantou, se atirou três vezes ao chão em reverência a Narkhajid e saiu sem dar as costas à estátua. Ganbold virou-se para o Ocidental: "É a superiora. A monja careca não está aqui. É melhor sairmos também".

Ficaram alguns instantes do lado de fora, sem ação. A superiora tinha sumido. Ganbold chegou a perguntar a mais de uma das monjas que saíam ou entravam no templo, e iam de um prédio ao outro, se conheciam aquela que, um ano antes, teria contado a ele e ao rapaz desaparecido a história da fuga de um grande lama, que conseguira escapar aos expurgos de 1937 graças a uma jovem, pelas montanhas e pelo deserto na província de Gobi-Altai. Não sabia o nome da monja careca. Era obrigado a descrevê-la fisicamente, no que se fazia acompanhar por gestos que o Ocidental observava um tanto irritado e que eram sucedidos por negativas da parte das religiosas, que balançavam a cabeça antes de retomar seus rumos: As monjas me parecem moralmente mais sérias e decentes do que os monges budistas — têm alguma coisa menos impostora e menos promíscua, talvez mais ingênua e burra, tinha escrito o desaparecido, *Buruu nomton*, o desajustado. Um velho lama, de chapéu amarelo, que ali contrastava com a hegemonia das monjas de chapéu vermelho, vendo-os desamparados, aproximou-se e perguntou o que queriam. Ganbold repetiu a descrição gestual da monja careca. O lama também nunca a tinha visto. "Venho aqui de vez em quando. Porque me sinto bem. Mas não conheço todas as moças", disse. O Ocidental pediu a Ganbold que perguntasse ao velho se ele sabia alguma coisa sobre Narkhajid. Não sabia de nada, nem mesmo o que representava a deusa, nem mesmo a diferença entre a seita do chapéu amarelo (da qual ele fazia parte) e a do chapéu vermelho. Na verdade, e apesar da idade avançada, era monge fazia apenas dez anos.

Como muitos na Mongólia, tinha descoberto a religião depois da queda do comunismo. A única coisa que sabia em relação a Narkhajid Süm era que o mosteiro original fora destruído por uma inundação, antes da Revolução de 1921, e não pelos comunistas, como se supunha. Foi reconstruído em 1990. Disse que eram raríssimos os mosteiros para mulheres e que, além de Narkhajid, só conhecia Dari Ekhiin, também em Ulaanbaatar, cujas monjas eram devotas de Tara.

"Só vejo uma solução", disse por fim Ganbold, virando-se para o Ocidental. Despediram-se do velho e desceram a escada lateral que levava ao subsolo do templo. No fundo de um corredor verde-claro, havia uma porta onde estava escrito "Zurkhai", o que, com base no que tinha lido no diário do desaparecido, o Ocidental traduziu por "Previsões": *Ganbold bate na porta, mas ninguém responde. Prefere não tentar abri-la, como na vez anterior, quando foram rechaçados nove meses atrás. Nós nos sentamos num banco de madeira no corredor. "Se está fechada, é porque ela está em consulta. Logo vai nos atender", diz Ganbold, tentando me acalmar. E, de fato, em dez minutos uma velha sai arrumando a bolsa e de lá de dentro uma voz feminina chama o próximo. Somos nós. Quando entramos, reconheço a monja de óculos e rabo-de-cavalo, sentada atrás da mesa. É a superiora. Chama-se Suglegmaa e tem vinte e sete anos. O rosto é redondo e simpático, com olhos míopes por trás das lentes grossas, e lábios carnudos que se abrem num belo sorriso ao ver Ganbold. "Foi você que tentou falar comigo no ano passado, não foi? Queria saber sobre Narkhajid, não é? Eu o reconheci no templo hoje de manhã. É ainda o que o traz aqui?", ela pergunta, em mongol, e depois ele me traduz. Faz oito anos que é monja. Quando entrou pela primeira vez em Narkhajid Süm, sentiu que pertencia ao templo. Foi um sentimento profundo e avassalador. Tinha dezoito anos. Foi tomada por um* chamado, como acaba explicando. Morava com a família em Ulaanbaatar. Passou por várias provas até ser aceita, e desde então vive para o mosteiro. Ouve em silêncio o que Ganbold tem para lhe contar sobre o desaparecimento do fotógrafo brasileiro. Ele lhe diz que é o mesmo que o havia acompanhado no ano anterior, na visita que fizeram ao mosteiro. Pergunta se ela se lembra dele. Na época, ela não os recebeu. Agora, com o desaparecimento do rapaz, tudo parece ter mudado de figura. Ela olha para mim com a mesma expressão pacífica e irritante que costuma caracterizar os monges budistas. Transmite ao mesmo tempo um sentimento de firmeza e de inteligência. Desvio os olhos e peço a Ganbold que repita, em mongol, a história de Narkhajid, que a guia do museu Zanabazar havia contado ao desaparecido. "Há várias interpretações do mito", Suglegmaa conclui, depois de ouvir a história em silêncio. Lembro a Ganbold os apontamentos do rapaz em seu diário, quando diz que Narkhajid é a deusa-guardiã do Tantra. Ganbold traduz para a monja o que eu digo em inglês. Ela nos explica que cada divindade habita uma região do budismo e que Narkhajid habita o Tantra. Passa a discorrer sobre a seita dos chapéus amarelos, que é maioria na Mongólia, e a dos chapéus vermelhos, da qual ela faz parte. Diz que os chapéus amarelos precisam reencarnar várias vezes para chegar à iluminação. Têm que passar por várias vidas. "É um caminho mais lento e, de certo modo, mais seguro e menos arriscado." Os chapéus vermelhos, como ela, mais rigorosos em suas privações, tentam chegar à iluminação — ela fala em "deus" — numa única vida e por isso não podem errar, não têm tempo a perder. É uma via mais direta e mais rápida, mas também mais perigosa. Apesar de ela não fazer uma ligação explícita, entendo por que os chapéus vermelhos estão mais próximos de Narkhajid e do tantrismo. Ela fala de Narkhajid e do Tantra como vias rápidas de alcançar a iluminação, embora também sejam cami-

78

nhos mais difíceis e secretos. A suástica de Narkhajid, *que ela chama de* gatchil, *gira em sentido anti-horário, e por isso mais depressa.* Para explicar o movimento, ela desenha uma estrela-de-davi, *formada por dois triângulos invertidos e superpostos, e crava uma suástica na ponta direita superior. Não sei para os asiáticos, mas para mim a combinação dos dois símbolos não pode ser mais perturbadora. Estou convencido de que a deusa tem a ver com o mal. Li já não sei onde sobre as práticas de magia negra do budismo. Não estranharia se Narkhajid fosse uma entidade dessa via. O Tantra é uma via mais direta de ascender ao Nirvana. Pergunto o que é afinal o Tantra. Tudo o que sei é de ouvir falar. Tenho parcas noções sobre as práticas sexuais em rituais religiosos. Clichês ocidentais. Suglegmaa me encara e diz que o Tantra nada tem a ver com o sexo mundano. É o emprego das mais variadas energias, também sexuais, para uso religioso. O diretor espiritual e administrativo de Narkhajid Süm declarou às monjas que elas ainda são muito jovens para conhecer o Tantra, ainda é muito cedo, não estão prontas. Suglegmaa fala com uma confiança inocente e um leve sorriso nos lábios grossos. É uma moça sedutora. Parece sincera. Para se fazer entender, compara a via do chapéu vermelho a uma garrafa de vodca vazia. Acho graça na imagem. Em nenhum outro lugar no mundo (talvez na Rússia), uma garrafa de vodca vazia teria servido de metáfora religiosa. Por que não uma garrafa de outra bebida qualquer? Por que não uma garrafa, simplesmente?* "Você se imagina no interior da garrafa, tentando subir. Fica cada vez mais difícil. Qualquer erro o traz de volta ao fundo, ao zero. Você não pode correr riscos", *ela diz. Estamos na mesma sala em que ela atende os que a procuram para saber o futuro, no subsolo do templo. Suglegmaa diz que a leitura dos sutras provoca uma espécie de alucinação, pela luz que entra pela abertura central no teto dos templos, pelo ar e pela maneira de respirar.* "Os deuses entram em você como a luz que vem do alto dos templos", ela diz. É pelo ar e pela luz que os monges se tornam intermediários dos deuses invocados — "cavalos", como diria um representante do candomblé, eu penso na hora. Ganbold deixa para contar no final a história da fuga do grande lama de Ariin Khuree, em 1937, guiado por uma jovem de Gobi-Altai até a fronteira com a China. Suglegmaa diz que desconhece a história. Ele pergunta sobre a monja careca, e ela garante que nunca tiveram ninguém ali que se encaixasse naquela descrição. Talvez uma aspirante que não tenha sido aceita. Na saída, ela pede desculpas por não tê-lo recebido no ano passado e faz votos por que encontremos o rapaz. Vira-se para mim e, sempre sorrindo, diz que é preciso muito esforço e coragem para chegar ao topo da garrafa. Digo que prefiro ficar embaixo, no fundo, porque assim pelo menos não corro o risco de cair ainda mais. Ela acha graça. Me deseja boa sorte no que procuro. Nós saímos do templo.

O Ocidental já não conseguia disfarçar a irritação contra Ganbold: "E então? Já que ninguém por aqui fala coisa nenhuma, será que pelo menos você poderia botar para fora de uma vez essa história de visão?".

Ganbold começou a falar enquanto desciam uma escada de cimento, ao lado de um córrego, rumo ao centro: "Nós estávamos saindo do templo, não tínhamos conseguido saber nada sobre Narkhajid, quando ela veio correndo para nos contar o drama de uma monja que havia abandonado a religião e que acabou salvando a vida de um velho lama que a tinha violentado anos antes. É uma longa história...".

"Aonde estamos indo?", interrompeu o Ocidental, notando que se afastavam dos conjuntos habitacionais e seguiam por um caminho diferente, na direção de um bairro de prédios residenciais mais antigos e mais baixos, os primeiros da cidade, construídos nos anos 40.

"Para o centro. Você não queria saber onde ficava o Museu em Memória das Vítimas da Perseguição Política?", perguntou Ganbold.

O que ele contou no caminho foi mais ou menos isto: quem viaja pelas regiões mais pobres e abandonadas da Mongólia, sobretudo no deserto de Gobi, como havia sido o caso do desaparecido, pode encontrar mães solteiras, que trabalham sozinhas, cercadas de filhos, cada um de um pai diferente. Os filhos as ajudam com os rebanhos e nas tarefas domésticas, além de montarem e desmontarem as iurtas sempre que mudam de acampamento. A mãe e os filhos acumulam, além das próprias tarefas, o trabalho do homem ausente. O desaparecido tinha acompanhado e fotografado uma dessas famílias durante a sua passagem pelo deserto. Em geral, o destino dessas mulheres se configura já na adolescência, quando ainda moram com os pais, irmãos e irmãs. São estupradas por algum rapaz acampado nas redondezas, à noite, em suas próprias casas e sob os olhares dissimulados das próprias famílias, que fingem dormir. O rapaz entra furtivamente na iurta dos pais da moça, no meio da noite, e a obriga a aceitá-lo debaixo das cobertas. O tabu e a repressão sexual são tão fortes entre essa gente mais humilde, que tanto a moça como os pais preferem fingir que nada está acontecendo. Ela não ousa acordá-los para pedir socorro ou pôr o rapaz para correr, com medo de perder a honra. Foi criada para acatar os desejos dos homens ·e se manter em silêncio diante deles. E os pais preferem fingir que não vêem a desgraça da filha debaixo dos seus próprios olhos. Quando a barriga começa a crescer, ela vai embora, entregue ao destino, para fazer a vida sozinha. Em geral, vai montar sua iurta nos cantos mais remotos e isolados, tentando sobreviver com um mínimo de recursos e nas condições mais precárias. É considerada uma pária. Muitas vezes, essas mulheres sós e abandonadas pela família se deitam com os homens que aparecem à sua porta, viajantes, comerciantes e caminhoneiros de passagem. E de cada um deles, que elas nunca mais vêem, guardam um filho. Quando seguia para o Gobi, ainda no extremo sul da região de Övörkhangay, o desaparecido topou com uma dessas mulheres, cercada de filhos, e decidiu ficar com eles, para fotografá-los.

A seca é terrível. Seguimos para o sul, rumo a Tsaatin Tsagaan Nuur, um lago de água salobra no limite do deserto. O calor é tremendo. Estamos empoeirados e com sede. No caminho, paramos para pegar água num poço, e um rapaz de moto nos avisa que o lago secou. Não chove há meses.

Tsaatin Tsagaan Nuur está reduzido a uma mancha clara na planície. Ando pelo fundo do lago seco. A terra afunda igual areia sob os meus pés, como se houvesse apenas uma camada superficial de terra sobre o interior oco. Uma família da região nos diz que o lago não secou só por causa da seca. Há gente procurando ouro no norte. Desviaram o curso do rio, que normalmente mal consegue atingir Tsaatin Tsagaan Nuur, à altura de um povoado onde há uma mina de carvão. Como o lago está seco, não faz sentido ficarmos por aqui. Decidimos dormir nas montanhas de Baga Bogdyn. Contornamos as dunas e começamos a subir. O carro ferve a cada quinhentos metros, e somos obrigados a parar. Batnasan nos diz que estamos subindo a favor do vento e que por isso não há ventilação suficiente no motor. A cada quinhentos metros, ele tem que parar e virar o carro de frente para o vento, para esfriar o motor. Levamos um tempo enorme para subir por um vale que é na realidade um campo de pedras onde florescem as únicas árvores que avistamos em centenas de quilômetros. São álamos. Aqui qualquer árvore parece inverossímil. O vale é uma espécie de fenda que vai entrando e subindo pela montanha, à imagem de uma geleira, só que formada por pedras de onde brotam os álamos isolados, afastados uns dos outros. É como se enormes pedregulhos tivessem rolado montanha abaixo, como um rio, criando um campo ponteado de árvores, à imagem das colunas de uma mesquita. Conforme subimos, a fenda se estreita e as árvores se tornam mais freqüentes e mais próximas umas das outras. O lugar se chama Khuren Khadnii Rashaan. É como um estranho jardim ou oásis no meio do deserto, subindo pela encosta. Ganbold me diz que no alto, quando a passagem se estreita até virar um desfiladeiro por onde só se passa a pé, há uma fonte de água terapêutica, que brota do meio das rochas. Vemos uma velha e duas crianças, uma menina e um menino pequenos, que sobem carregando trouxas cheias de madeira e param para descansar. Foram buscar lenha e estão voltando para casa. A mulher tem um serrote na mão. Pedem carona. No carro, percebo que a mulher não é velha mas se veste como se fosse. Está com um lenço na cabeça. O menino não consegue tirar os olhos de mim. Estou de bermuda e sem camisa. Volta e meia cutuca a irmã. A iurta da mulher fica a meio caminho da fonte, na metade da subida do campo de pedras. Ela diz que as famílias do lugar não a deixaram acampar mais perto da fonte, nem mais para baixo, na entrada do vale, onde há uma faixa verde de estepe antes do deserto graças ao lençol freático que desce profundo, por baixo do campo de pedras, e se aproxima da superfície ao chegar lá embaixo. Também não a deixam cortar os álamos à sua volta. Tem que descer todo o vale para buscar lenha. Não é daqui. Costuma passar o verão num lugar terrível, em pleno deserto, na fronteira entre as províncias de Övörkhangay e Bayankhongor, quase no Gobi do sul, mas por causa da seca foi obrigada a migrar para as montanhas ao norte,

83

em busca de água. Já estariam mortos se tivessem ficado. Vive sozinha com os seis filhos.

Quando a monja careca surgiu, correndo, para lhes contar a história da fuga do grande lama em 1937, a coincidência dos dramas de uma moça violentada nos anos 30 e da mãe solteira que ele tinha encontrado no deserto fazia algumas semanas, provocou um novo curto-circuito na cabeça do rapaz, *Buruu nomton*, ainda mais porque a história da monja convergia para Narkhajid.

"Não gosto de mistérios. Afinal, e de uma vez por todas, o que essa deusa tem a ver com a história e com o desaparecimento do rapaz?", o Ocidental interrompeu a narrativa de Ganbold, já sem nenhuma paciência para a maneira tortuosa como o guia se aproximava do essencial, aos poucos e em círculos, sem nunca atingilo, e que era uma característica recorrente entre os mongóis que havia encontrado até então, a julgar por Purevbaatar e Suglegmaa.

Ganbold não se alterou. Segundo a monja careca, Suren, a jovem que ajudou o lama a escapar dos comunistas, em 1937, levando-o por um caminho secreto, pelos montes Altai, até a fronteira da China, tinha uma história semelhante à das adolescentes violentadas em suas próprias casas na região do Gobi. Ficou grávida aos dezessete anos e foi mandada para um mosteiro em Ulaanbaatar. O parto foi cercado de monges que esperavam a sua morte. Reza a tradição budista do Tibete e da Mongólia que as *burees* — trombetas usadas pelos lamas em cerimônias religiosas — devem ser feitas com a tíbia de uma moça de dezoito anos morta durante os trabalhos do primeiro parto. A tradição fala da pureza do sangue na conformação desse osso, e os monges procuram, como abutres, grávidas de dezoito anos à espera do primeiro filho, que poderão lhes fornecer a matéria-prima de suas trombetas. Para decepção deles, Suren sobreviveu e, contra a sua vontade, foi separada da criança recém-nascida. Desde então, nunca mais disse nada, e a teriam tomado por muda não fossem os mantras que recitava. Viveu dois anos no mosteiro, como *gelemma*, ou aprendiz, meditando e recitando mantras em práticas solitárias que muitas vezes a levaram a uma espécie de êxtase. Era uma moça especial. A mais bela do mosteiro. Não sabia que estava sendo preparada. Uma manhã, ao acordar, recebeu a incumbência de acompanhar a superiora, Khand Khamba, numa longa peregrinação até outro mosteiro, que ficava na fronteira entre as atuais regiões de Khövsgöl e Arkhangai e que já não existe. "Não restou nada além da escadaria de pedra, com cento e oito degraus morro acima, representando os cento e oito discípulos do Buda", disse Ganbold ao Ocidental. A princípio, disseram à jovem Suren que a *khamba* precisava ir a um templo em Jargalant e que partiriam imediatamente. Viajaram a cavalo durante vários dias e várias noites. Só ela, a *khamba* e outra *gelemma*, a quem cabia todo o trabalho braçal. Sempre que Suren procurava ajudar, a superiora a impedia. Não entendia por que a levavam. Tratavamna como se fosse uma enferma. Dormiram em vários mosteiros pelo caminho, em Erdene Zuu, em Buyandelgeruulekh, e em todos ela era tratada com uma estranha deferência. Sentia-se portadora de uma doença contagiosa. Era como se todos, menos ela, soubessem a razão da sua presença naquela viagem. Ao cabo de uma semana, chegaram ao vale de Orookh. Era uma paisagem magnífica, que elas avistaram do alto das colinas na fronteira entre as atuais províncias de Arkhangai e Khövsgöl. Chovia muito. Havia um mosteiro ao pé de um morro no centro do vale. Uma imensa escadaria de blocos de pedra cravados na terra o ligava a um templo construído no alto. Mais acima do templo ficava um grande *ovoo*, um amontoado de pedras que marcava

85

um lugar propício para a comunicação com os espíritos, segundo os preceitos xamanísticos. O mosteiro se chamava Ariin Khuree, o Cercado do Norte. Exausta, a *khamba* lhes disse que chegaram finalmente, e só então Suren entendeu que não iam a Jargalant, como tinha pensado o tempo inteiro. Por alguma razão, fora enganada. O destino era secreto. Quando o vale se descortinou, conforme desciam pela floresta de lárices e bétulas, a jovem monja sentiu-se mal e teve que ser socorrida pelas outras duas. Estavam ensopadas de chuva. De alguma forma, à força de repetidos indícios que vinha acumulando ao longo do trajeto, pelos mosteiros onde pernoitaram e nos quais havia sido tratada como uma leprosa, agora ela já sabia que era ela o motivo da viagem, sem, no entanto, compreender o que isso significava. Tinha entendido que a *khamba* é que a acompanhara o tempo inteiro, e não ela à *khamba*, como pensara ao sair de Ulaanbaatar. Estava sendo trazida para Ariin Khuree para um fim que ainda ignorava, mas não por muito tempo.

Cerca de quarenta lamas viviam no mosteiro. Já na segunda noite, Suren foi levada ao templo que ficava no alto do morro. Subiu os cento e oito degraus acompanhada apenas da velha *khamba*, que lhe repetia como um sutra que ela nada tinha a perder ou temer, muito pelo contrário, fora escolhida entre todas as monjas como instrumento para a iluminação de Dorj Khamba, o grande lama de Ariin Khuree. Khand Khamba a acomodou numa sala escura em que só podia ver uma imagem de Narkhajid pintada sobre um pano numa das paredes iluminada pelo luar que entrava pelo vão no centro do telhado. Narkhajid era sua *dakini*, a divindade de sua devoção. A *khamba* a instruiu a meditar, a entregar-se a Narkhajid, para o seu próprio bem. E, durante ela não sabia quantos dias e quantas noites, não fez outra coisa, sozinha, no escuro, com os olhos fixos na imagem da mulher vermelha, que bebia sangue. Fitava a imagem e se entregava a ela. Dizia um mantra e se ouvia a dizer o mantra. O som de sua própria voz a hipnotizava. Não sabia o que a esperava e tomou aquilo como mais uma prova no seu caminho para a iluminação. Várias vezes teve a impressão de desmaiar de esgotamento à espera de uma visão. Quando despertava pela manhã, encontrava sempre uma bacia vazia e outra com água, para a sua higiene, ao lado de uma tigela de chá. Uma única vez, encontrou também um prato de carne de marmota cozida, que comeu, esfomeada, como quem faz uma oferenda, como se o seu corpo e o da divindade vermelha diante dela fossem o mesmo, pensando na carne do animal, que, transformada no interior do seu corpo, renasceria num patamar superior no caminho que todos os seres vivos fazem para o Nirvana. Quando já não sabia em que dia estavam, no final do vigésimo dia do sexto mês de 1934, quando os drukpa, uma subdivisão dos kagyupa, costumam celebrar Narkhajid, viu por fim a imagem do corpo vermelho da divindade em movimento, vindo na sua direção. Já não conseguia distingui-lo do seu próprio corpo. Já não sabia onde estava, nem quantas vezes podia ter perdido a consciência. Não sabia mais se estava dormindo ou acordada. Não sabia que estava de olhos fechados. Sentiu alguém dentro de si e, quando abriu os olhos, entendeu que já estava fazia horas nos braços de Dorj, o grande lama de Ariin Khuree.

Passou ainda muitas horas no templo no alto do morro, talvez dias. Não dava para saber. O esgotamento lhe permitia apenas um tipo nebuloso de consciência. Não tinha mais nenhuma vontade. Quando voltou a si, já não estava na pequena sala escura. A *khamba*, a seu lado, tentava lhe derramar uma tigela de chá pela boca. Entendeu que havia sido carregada do alto do morro, pelos cento e oito degraus, até o interior do mosteiro no fundo do vale. Não se lembrava de quase nada. Em três semanas, Suren se recuperou. Uma tarde, quando voltavam do riacho, a *khamba* lhe disse que já estava pronta e lhe pediu que se preparasse para partir de manhã cedo. Voltaram no dia seguinte para Ulaanbaatar, como se nada tivesse acontecido.

Isso foi o que a monja careca contou a Ganbold e ao desaparecido. Durante as três semanas em que se recuperou no mosteiro de Ariin Khuree, Suren não viu Dorj Khamba nenhuma vez. A lembrança inconstante que guardava do seu rosto e do seu corpo se confundia com a imagem de Narkhajid. Era uma figura que ela vira na penumbra do templo, num estado de fraqueza que já não lhe permitia distinguir nenhuma fisionomia. A única certeza era a de ter sido penetrada por um homem mais velho. E mesmo essa certeza se perdeu ao longo da viagem de volta para Ulaanbaatar, pela insistência da *khamba* em lhe explicar de outra maneira o que ela própria tinha vivido. Khand Khamba lhe dizia que, graças à meditação e através de uma fusão com Narkhajid, a jovem monja havia chegado ao mais próximo do Nirvana que uma mulher podia atingir.

Ela não teria ousado contrariar a superiora, ainda mais na frente de outra *gelemma*. Não falava fazia mais de dois anos, e não seria agora que iria dizer o que pensava. Nada havia mudado na sua vida. Não sentira a proximidade de nenhuma iluminação. Não esperou nem dois meses depois de chegar ao mosteiro de Ulaanbaatar para abandonar a vida monástica e voltar sozinha para Gobi-Altai, sua terra natal, onde passou a viver de um pequeno rebanho que os irmãos lhe cederam, nas condições mais extremas.

Cabe aqui fazer um pequeno parêntese e interromper a história que a monja careca tinha contado a Ganbold e que ele reproduzia ao Ocidental, porque já estavam às portas do Museu em Memória das Vítimas da Perseguição Política. O museu fora criado depois da queda do comunismo em 1990, quando começou o movimento pela democracia. Era uma casa de madeira, no estilo russo do início do século. "Antes da Revolução de 1921, havia muitas dessas casas em Ulaanbaatar", disse Ganbold. Aquela havia sido a residência de Genden, o primeiro-ministro executado, sob as ordens de Stalin, em 1937, ano em que os comunistas fecharam oficialmente os últimos mosteiros que restavam na Mongólia. Era um lugar soturno. As paredes escuras da sala principal, no térreo, estavam pintadas com os nomes de milhares de desaparecidos, entre monges, políticos e intelectuais. Os nomes estavam organizados por regiões. Eram apenas uma parcela das estimadas cem mil vítimas do terror nos anos 30. Na época dos expurgos, a Mongólia era dividida em quatro regiões: a oeste, Zasagt Khan; no centro, Saiannoyon Khan; a leste, Toushoet Khan, e, ao sul, Setsen Khan. Só nos anos 50, quando os comunistas decidiram implantar a coletivização do campo à maneira soviética, foi que eles deram a atual configuração regional ao país, que passou a ser dividido em dezoito províncias, ou *aimags*. Ganbold levou o Ocidental até um canto da sala, onde estavam pintados os nomes dos desaparecidos de Gobi-Altai. Dorj Khamba, o suposto grande lama do mosteiro de Ariin Khuree, segundo a história da monja careca de Narkhajid Süm, não constava entre eles. Também não estava entre os desaparecidos de Khövsgöl ou Arkhangai. Isso queria dizer que a história toda não passava de invenção? Talvez. Por outro lado, como conseguira escapar, não havia por que ter seu nome entre as vítimas dos expurgos. O desaparecido tinha revirado todo o museu à procura de uma menção a Dorj Khamba, de Ariin Khuree, algo que provasse a sua existência, em vão. Mas também não podia ser só para comprovar a veracidade da história que ele mudara de planos e decidira ir a Gobi-Altai na última hora, quando já estava pronto para deixar a Mongólia. "Não", respondeu Ganbold. "Você tem que entender que havia indícios no que nos disse a monja careca, um tipo de coincidências, ao qual ele não podia ter ficado indiferente. Ela surgiu como um fantasma, como uma enviada do inferno, para atormentá-lo na última hora. O que ela disse tocou em alguma coisa dentro dele, alguma coisa que ele também tinha visto, e o levou a reconhecer elementos da história como se fossem parte da sua própria vida. Tínhamos passado semanas com uma mãe solteira e seus filhos no deserto. E, para completar, no caminho entre Khövsgöl e Karakorum, tínhamos atravessado o vale de Orookh e ele nos obrigara a parar, porque queria fotografar um pequeno templo de madeira ainda em construção e já abandonado no alto de um morro, no mesmo lugar onde no passado devia ter existido outro templo. As paredes eram de madeira, e o telhado, de chapas de ferro pintadas de verde. Havia toras jogadas pelo chão ao redor do templo, sinalizando que a obra tinha sido interrompida. A Mongólia está repleta de pequenos templos, construídos nos últimos dez anos nos lugares onde ficavam os mosteiros que foram destruídos na época dos expurgos. As duas famílias de nômades que encontramos no vale não sabiam nada sobre o antigo mosteiro. Você não pode imaginar o meu espanto quando ouvi a monja careca mencionar Ariin Khuree, que é um lugar sem maior importância e do qual eu nunca tinha ouvido falar até passar por lá a caminho de Karakorum, quase dois meses antes. Era muita coincidência. Ela falava dos cento e oito degraus de pedra que nós tínhamos visto e que hoje ligam vestígios do que deve ter sido a planta baixa do mosteiro, no vale, ao pequeno templo de madeira, abandonado no alto do morro. Tudo na história ficava muito mais vívido, porque nós conhecíamos o cenário. Tínhamos passado por lá por acaso. Eu mesmo não podia acreditar. Dá para entender o que se passou na cabeça dele? Por uma coincidência sinistra, a história o chamava." *Buruu nomton.*

Avistamos um templo solitário no alto de um morro. Ganbold não quer parar. Estamos com um dia de atraso. Diz que temos que seguir em frente se quisermos chegar a Karakorum a tempo para as comemorações do Naadam. Eu insisto. Posso conseguir uma imagem esplêndida. Subo o morro sozinho. O céu está cinza. Vai cair uma tempestade no início da noite. Só quando chego no alto é que vejo a escadaria de blocos de pedra que desce do outro lado até os fundamentos do que no passado deve ter sido um mosteiro. O templo está vazio. A porta está lacrada com tábuas de madeira. Pelas frestas, dá para ver que não há nada lá dentro. A construção foi abandonada. Mais acima, no cume de outra colina, há um ovoo. Subo até lá. Tenho a vista da totalidade do vale, com o templo aos meus pés e as iurtas de duas famílias lá embaixo, dois pontos brancos na paisagem verde. As colinas em volta estão cobertas de florestas. Desço pelos degraus de pedra e imagino como teria sido a vida dos monges neste mosteiro, isolados no meio da natureza, nas melhores condições para se esquecerem de si. O vale é magnífico. Quando chego embaixo, Ganbold já está cercado de nômades curiosos, que me viram subindo o morro. Eles nos convidam a ir a suas casas, nos oferecem chá e iogurte. Pergunto sobre o mosteiro. Não fazem a menor idéia. Dizem que a administração de Jargalant cuida do templo no alto do morro, como se assim se desincumbissem de uma resposta. Ninguém sabe nada de lugar nenhum. Aprenderam a não se comprometer. O passado, quando não se perdeu, agora são lendas e suposições nebulosas. Eles não têm outro uso para a imaginação. Durante séculos, os lamas se encarregaram de imaginar por eles. Durante setenta anos, o partido se encarregou de lembrar por eles, no lugar deles. Agora, lembrar é imaginar. Às vezes prefiro quando dizem que não sabem ou não se lembram de nada.

***

Os mongóis, que sempre foram nômades e no século XIII chegaram a constituir o maior e mais temido império da história da humanidade, o qual se estendia do Pacífico à Europa Oriental, tiveram de se resignar a viver sob o domínio chinês por mais de duzentos anos, até o início do século XX. Por designação chinesa, aquele que fora reconhecido como a oitava reencarnação do Jebtzun Damba, terceiro na hierarquia do budismo tibetano, e considerado por conseguinte um Buda Vivo, ocupava o posto de autoridade religiosa máxima da Mongólia, uma sociedade feudal em que os mosteiros budistas eram praticamente as únicas construções fixas em torno das quais os nômades orbitavam como servos. Com a queda da dinastia Qing, na China, em 1911, os mongóis do norte viram a oportunidade de se livrar dos chineses e proclamaram a independência do país, não reconhecida por Pequim. O Oitavo Jebtzun Damba, nascido no Tibete, em 1869, foi declarado rei-deus, ou Bogd Khaan, transformando a Mongólia numa teocracia. Em 1914, um acordo entre a China e a Rússia deu autonomia relativa à Mongólia, dividindo o território oficialmente em dois: a Mongólia Interior, ao sul, se tornava parte da recém-criada República da China, e a Mongólia Exterior, ao norte, passava a zona de influência dos russos, embora em princípio fosse um país independente. Em 1919, porém, com a Rússia consumida pela guerra civil que se seguiu à Revolução de 1917, os chineses voltaram a invadir a Mongólia Exterior, exigindo os tributos devidos pelos mongóis. Em 1921, os Russos Brancos, que defendiam a monarquia czarista e recuavam na frente de batalha oriental, empurrados cada vez mais para leste pelos bolcheviques, entraram na Mongólia com a aquiescência do rei-deus, expulsaram os chineses e instalaram um regime sanguinário e alucinado, de exceção, sob as ordens do barão Roman Fiodorovitch von Ungern-Sternberg. O avanço dos bolcheviques, entretanto, logo daria aos nacionalistas mongóis a oportunidade de uma aliança contra os Russos Brancos. Em alguns meses, conseguiram expulsá-los da capital e proclamaram o Governo do Povo da Mongólia, no que acabou conhecido como a Revolução de 1921. O Bogd Khaan foi destituído do poder, e poucos meses mais tarde os nacionalistas mongóis passaram a controlar o país inteiro, com o auxílio dos bolcheviques. Em 1924, a Mongólia se tornou o segundo país comunista do mundo. O Bogd Khaan morreu no mesmo ano, ao que parece em conseqüência da sífilis, e o governo comunista fez de tudo para impedir que lhe encontrassem um sucessor. Os expurgos começaram no final dos anos 20, coincidindo com a ascensão de Stalin e o regime de terror que impôs a toda a União Soviética.

O marechal Choibalsan, um dos heróis da Revolução de 21, chegou ao poder em 1928, ao que consta depois de eliminar adversários e inimigos. Governou a Mongólia com mão de ferro até 1952, ano da sua morte, de câncer, em Moscou. Foi um dos ditadores mais impiedosos e sanguinários do século XX. Sob seu regime, foram executadas mais de cem mil pessoas inocentes. Nas questões internas, Choibalsan era um fantoche de Stalin. Porém, recusou-se com firmeza a fazer da Mongólia uma república soviética, como exigia Moscou nos anos 40, e com isso acabou por selar o seu próprio destino. Por outro lado, garantiu também alguma popularidade mesmo depois da queda do comunismo. Graças a Choibalsan, a Mongólia se manteve um país oficialmente independente, embora dependesse da ajuda soviética. Também sob seu regime, e com auxílio soviético, os japoneses foram rechaçados quando tentaram invadir o país depois de ocuparem a Manchúria. Alguns mongóis ainda acreditam que Choibalsan tenha sido assassinado pelos russos e falam do ditador com orgulho. Seus restos mortais são mantidos no mesmo mausoléu do herói nacional, Sükhbaatar, na praça central de Ulaanbaatar. De qualquer jeito, foi com a chegada de Choibalsan ao poder que teve início o massacre contra o budismo. Por ironia, o próprio marechal tinha sido monge no mosteiro de Gandan antes de lutar na Revolução. A incompatibilidade entre os comunistas e os lamas logo se manifestou. A força da religião era imensa, um entrave para a modernização e a instituição de uma sociedade socialista. Em 1921, um terço da população masculina da Mongólia vivia nos mosteiros. Toda família tinha pelo menos um lama entre os seus membros mais próximos. Todo casal mandava pelo menos um filho para ser educado nos mosteiros. Numa família com cinco filhos homens, até três podiam ser obrigados a se tornar monges. A população estava minguando. Vinte por cento das riquezas do país estavam nos mosteiros. Stalin queria ver o budismo varrido da Mongólia. O primeiro grande massacre de lamas ocorreu em 1928. As desapropriações começaram em 1929. Em 1932, uma onda de prisões e execuções assolou o país. Os monges, vendo que o cerco se fechava, e se sentindo cada vez mais oprimidos e destituídos de suas regalias, resolveram se organizar, e reagiram como puderam, com mais violência nas regiões das atuais províncias de Arkhangai, Khövsgöl e Uvs. Ficou célebre a sublevação do mosteiro de Teriatiin Khuree, em Arkhangai, ao qual era ligado o mosteiro de Ariin Khuree, a poucos quilômetros dali. A certa altura, o governo de Ulaanbaatar decidiu enviar o exército com um tanque para reprimir a revolta de Teriatiin Khuree. Mas os lamas amarraram o tanque com tiras de couro, e desde então o povo de Arkhangai ficou conhecido, pejorativamente, como "empacotadores de tanques". Com a violência inesperada da reação dos lamas, os comunistas pareceram recuar, mas não por muito tempo. O cerco continuava se fechando. Jovens lamas eram transferidos para o exército. Foi proibida a construção de novos mosteiros. A repressão recrudesceu em 1935. Houve novas prisões, novas execuções e novas deportações para a Sibéria. Em 1937, os comunistas fizeram um banho de sangue. No total, segundo Ganbold, cerca de trinta mil lamas foram presos pela polícia secreta, executados sumariamente ou enviados para campos na Sibéria, onde desapareceram para sempre. Setecentos e cinqüenta mosteiros foram pilhados, queimados e demolidos. Apenas os monges mais jovens, e de baixo escalão, foram poupados. No auge da repressão, os grandes lamas de Teriatiin Khuree e da região foram confinados, às centenas, no templo de Buyandelgeruulekh, em Tsetserleg, segunda cidade mais importante do centro do país, depois de Ulaanbaatar, e morreram sufocados ou pisoteados uns pelos outros. Teria sido o destino provável de Dorj Khamba, de Ariin Khuree, se não tivesse conseguido escapar na primavera de 1937, seguindo até Gobi-Altai, onde Suren, a jovem monja que ele havia possuído três anos antes, o guiou pelo deserto e pelas montanhas, para fora do país.

A monja careca não entrou em detalhes sobre o reencontro entre o velho lama em fuga e a *gelemma* que lhe servira de instrumento sexual no seu caminho para a iluminação em Ariin Khuree. Também não conhecia o percurso que fizeram até a fronteira com a China e que teria se mantido secreto por razões óbvias, de segurança. Sabia apenas que Suren vinha dos arredores de Tögrök, nos montes Altai, no limite do deserto, e supunha que Dorj Khamba a tivesse encontrado por aqueles lados. Afinal, ela nunca o tinha visto, propriamente falando, embora tivesse sido possuída por ele. Mas o principal, como era típico entre os mongóis, a monja careca deixou para contar por último. No meio do caminho, guiado pela ex-*gelemma* entre as montanhas e o deserto, o velho lama teria tido uma visão: Narkhajid lhe aparecera para revelar que a repressão comunista nunca conseguiria acabar com o budismo na Mongólia. A força não seria capaz de destruir a religião. Em algum lugar entre os montes Altai, o deserto e a fronteira da China, a deusa vermelha que bebe sangue teria revelado ao monge a única coisa capaz de varrer o budismo da face da Terra, o verdadeiro inimigo e o ponto fraco da religião, o que devia ser mais temido, evitado e combatido, o antídoto do budismo, o Antibuda. A revelação, assim como o exato local em que ela ocorrera, teria sido transcrita pelo velho lama e entregue a alguém de sua confiança, talvez um monge de algum mosteiro da região, e mantida em segredo por todos esses anos.

Foi só o que disse a monja careca de Narkhajid Süm antes de desaparecer de novo, como havia aparecido, sem explicar como conhecia a história, correndo para dentro do prédio em construção. Ganbold não podia dizer ao certo em que momento a idéia tomou conta do rapaz brasileiro. O fato é que, dois dias depois de ouvir a história de Suren e Dorj Khamba, ele já tinha mudado de planos e tentava convencer Ganbold a levá-lo aos montes Altai. Estava obcecado pela idéia de descobrir e fotografar o lugar exato em que o velho lama teria visto o Antibuda, em 1937, enquanto tentava fugir dos comunistas. Achava que podia fazer um livro com uma série de fotos de paisagens. Já tinha até o título — *O Antibuda*, justamente —, mas nenhuma outra pista além do que dissera a monja. Foi quando os dois se desentenderam. Ganbold se recusou a compartilhar do delírio infantil do brasileiro e o obrigou a cumprir o que estava programado. Acompanhou-o até o aeroporto e o deixou na fila do controle de passaportes, depois de já terem despachado as malas. Saiu dali desonerado. Não podia imaginar que o rapaz não tivesse tomado o avião. E, quando descobriu, já era tarde. Ele estava indo para Gobi-Altai com Purev-baatar.

"Nós procuramos por todo o museu nem que fosse uma referência, uma foto que nos comprovasse a existência de Dorj Khamba e a veracidade da história que a monja nos contou. Mas não achamos nada. Não há nenhum vestígio de nenhum Dorj Khamba em lugar nenhum", disse Ganbold ao Ocidental, quando já saíam do Museu em Memória das Vítimas da Perseguição Política. Ganbold o acompanhou até o cibercafé que agora era mantido no térreo da sede do antigo Partido Comunista, ao lado do hotel, onde se despediram. O Ocidental disse que precisava abrir seus e-mails, queria ver se havia alguma mensagem, mas no fundo tinha outras prioridades. Começou naquela mesma tarde uma pesquisa sobre as origens e os significados de Narkhajid. E, no final do dia seguinte, já tinha descoberto que a deusa vermelha era uma variação de um mito feminino do hinduísmo tântrico, que por sua vez fora apropriado pelo budismo tibetano, provavelmente a partir do século VII, e associado a traços do xamanismo e do animismo locais, sobretudo no que se refere aos aspectos demoníacos. Na verdade, a única coisa que encontrou sobre Narkhajid propriamente dita foi uma foto do mosteiro de Ulaanbaatar. Demorou a entender que a deusa tinha outros nomes. A maior dificuldade era a variedade de versões e de iconografia. Desviou a sua busca para sites budistas e aí, aos poucos, por associação de imagens, descobriu um parentesco entre ela e as dez Mahavidyas, ou divindades femininas do hinduísmo tântrico. Narkhajid era uma variação e um desdobramento da deusa autodecapitada Chinnamasta ou Chinnamunda. E no budismo tibetano dos kagyupa era chamada de Vajrayogini. Não dava para saber ao certo qual das representações tinha dado origem à outra. Narkhajid não era precisamente uma deusa, mas uma entidade e um meio para atingir a iluminação, um instrumento da prática iogue. Simbolizava o autocontrole e a repressão da energia sexual para convertê-la em meio de alcançar o Nirvana ou na concentração e auto-anulação necessárias ao guerreiro às vésperas da batalha. Nela, o sexo estava ligado à morte; a criação e a destruição eram uma coisa só. A morte alimentava a vida. O culto de Narkhajid era considerado perigoso e envolvia a prática sexual. Mais que uma deusa, e como tudo no budismo, ela era uma projeção da mente humana.

Num site dedicado a Naropa, o príncipe indiano que viveu no século XI e abdicou de tudo para se tornar um dos mestres fundadores da linha kagyupa do budismo, dos chapéus vermelhos, havia uma menção a Vajrayogini. Quando Naropa ainda estudava os sutras, uma velha medonha surgiu à sua porta e perguntou se ele sabia o que estava lendo. O príncipe imediatamente respondeu que compreendia todas as palavras do Buda. A velha riu e dançou de alegria, satisfeita por haver no mundo um estudioso tão aplicado. Em seguida, quis saber se, além do sentido literal das palavras, ele entendia o significado mais profundo daqueles ensinamentos. E, quando Naropa repetiu que sim, a velha caiu numa crise de desgosto, a lamentar que um tal estudioso fosse capaz de tamanha mentira. Indignado, o príncipe lhe perguntou se afinal ela conhecia alguém que entendesse o significado profundo dos ensinamentos do Buda, e ela lhe falou de Tilopa, o grande mestre e fundador da seita kagyupa. Naropa lhe perguntou onde podia encontrá-lo, e ela lhe explicou que Tilopa estava em toda parte. Para vê-lo, porém, tudo dependia da devoção de quem o procurava. E desapareceu como um fantasma — na verdade, ela era Vajrayogini, mas Naropa só conseguira vê-la como uma velha horrenda, porque ainda não estava purificado para enxergá-la em sua forma real (e aqui o Ocidental resistiu a fazer qualquer tipo de associação com a monja careca de Narkhajid Süm, que desapareceu como tinha aparecido). A partir daí, o príncipe saiu em busca de Tilopa, por um caminho de provações que o levaria finalmente à iluminação e ao encontro do mestre. Os dois nunca mais se separaram. Na verdade, nunca estiveram separados, mas foi preciso Naropa alcançar a iluminação, para compreender as coisas como sempre foram.

O princípio do budismo é a superação do sofrimento e o acesso ao Nirvana, que é o desprendimento mais completo do mundo das ilusões, a começar pelo ego, que nos faz acreditar numa separação entre sujeito e objeto. O Nirvana é a superação dos desejos e das aversões que consagram a individualidade. Para o budista, o mundo é um e o sujeito vive a ilusão de ser uma gota no oceano, como se fosse possível separar uma gota do oceano. Todas as coisas estão ligadas. E por isso é preciso transcender a ilusão do eu e do outro. Entre as doze provações pelas quais teve de passar à procura do seu mestre, Naropa encontrou uma velha leprosa, com partes do corpo em estado de putrefação, deitada no caminho. A velha lhe disse que, para passar, ele tinha três opções: ou carregava e a tirava do caminho, ou dava meia-volta, ou pulava por cima dela. Naropa, enojado, escolheu a terceira opção. Assim que pulou, a velha desapareceu. Era mais uma ilusão para testá-lo. Enquanto ele se sentisse um sujeito separado do mundo e dos outros indivíduos que o cercavam, enquanto fizesse diferença entre sujeito e objeto, enquanto sentisse aversões, não estaria pronto para encontrar Tilopa. O saber é conquistado pelo auto-sacrifício. Há vários caminhos para isso. Os kagyupa, que costumam passar a vida isolados, meditando, acreditam que a cisão entre bem e mal é mais uma ilusão entre outras. No Tantra, tanto o bem como o mal são meios para a iluminação. É preciso saber tirar vantagem dos obstáculos, transformá-los em instrumento. É preciso entrar em contato com o mal para desfazê-lo e anulá-lo. É preciso vencer a repulsa e o horror, que reforçam a ilusão do sujeito. Daí o contato com cadáveres, a meditação em crematórios etc. E é aí que a imagem de Narkhajid, bebendo sangue de um crânio, ganha toda a sua simbologia.

Narkhajid ou Vajrayogini é uma *dakini*, divindade feminina de aparência demoníaca que representa a força interior necessária para dominar os desejos, as paixões e as ilusões. As *dakinis* são meios de comunicação entre o indivíduo e a sabedoria divina. São também meios de sublimação das paixões humanas. O iniciado transfere o desejo, o ódio e o amor para a representação da sua *dakini*, que lhe é atribuída por um mestre, e entrega a ela o seu corpo em sacrifício, pondo-se fora de si mesmo pelos métodos de meditação e visualização. O bem e o mal não passam de criações da mente dos homens. São criações que a mente humana deve transcender no caminho para a iluminação. Praticar o bem por meio da caridade e da filantropia também só serve para inflar o ego. Assim como o culto do conhecimento, o que explica em parte a ignorância dos monges mongóis a que se referia o desaparecido e também o Ocidental. Poucos se tornavam eruditos (a maioria se mantinha ocupada com trabalhos manuais), e entre eles poucos cultivavam o conhecimento pelo conhecimento. Se os monges não conheciam a história do próprio budismo e não sabiam nada sobre Narkhajid, era simplesmente porque tinham sido levados a reduzir o saber da religião às práticas para atingir a iluminação. Não é preciso saber o que a divindade significa para se servir do poder de sua imagem. A especulação metafísica e a idéia ocidental de arte como criação e do artista como criador também só atrapalham. O intelecto é ilusão. O que importa não é a criação, mas a transcendência, já que só o movimento é verdadeiro. Os métodos tântricos procuram converter o fluxo de energia que passa pelo corpo em via para a iluminação. O mundo exterior é uma manifestação da mente. Não há deus nem deuses. A "arte" budista é, dessa maneira, mais um meio e um instrumento do que um fim. Não é criação, mas reprodução de formas conhecidas cuja utilidade já foi testada na prática religiosa. Representações como Narkhajid ou as mandalas servem para auxiliar na meditação e na visualização, que estão no centro das práticas tântricas. Para transcender as ilusões, é preciso tirar vantagem de tudo o que está ao alcance — e, no caso do Tantra, isso inclui todas as paixões humanas, para superá-las. Vem daí também o segredo em que estão envolvidos os métodos tântricos. Se os monges na Mongólia não falavam, era por três razões combinadas: por medo de se comprometer, uma herança do comunismo; por simples ignorância, que era o que lhes pedia a própria religião no caminho da transcendência do eu, ou por sigilo e mistificação em torno das práticas tântricas (que incluem o sexo e a telepatia), reservadas aos mais altos sacerdotes, àqueles que já dominam várias etapas do método. Não há textos com esses ensinamentos. Tudo deve ser transmitido oralmente a discípulos selecionados.

Noutro site de máximas budistas, o Ocidental deparou com a seguinte parábola: "Um grande lama kagyupa, depois de uma vida inteira dedicada à busca da iluminação, está no seu leito de morte (os kagyupa, adeptos da via rápida para chegar ao Nirvana, trabalham e lançam mão de práticas e provações extremamente rigorosas, às vezes verdadeiros suplícios, para alcançar a iluminação no final de uma única vida, ao passo que os gelugpa, majoritários na Mongólia e no Tibete, e adeptos da via mais lenta, crêem que só poderão alcançá-la ao cabo de várias reencarnações e, assim, pelo menos não se torturam tanto). À beira da morte, o grande lama kagyupa tem uma última pergunta a fazer, mas já não há ninguém mais sábio do que ele para respondê-la. Quer saber, depois de uma vida inteira dedicada ao budismo, onde está afinal a iluminação tão prometida. E é quando, sem respostas, por fim compreende que a alcançou".

Descrente, o Ocidental decidiu terminar a sua busca depois de ter acessado um site que defendia a tese de que a sabedoria tântrica era transmitida, em silêncio, por telepatia, do mestre para o discípulo: "No Tantra, nenhum ato pode ser considerado bom ou mau, com a condição de não causar sofrimento a outro ser". Mas essa concepção de uma religião além do bem e do mal ia contra todas as representações de inferno e paraíso que o desaparecido tinha visto no mosteiro de Choijin Lama, em Ulaanbaatar, e que lhe pareceram tão próximas da hipocrisia cristã, como relatara no diário.

Na saída do cibercafé, pela primeira vez o Ocidental notou, pendurada na entrada de uma ruela lateral, uma faixa indicando os horários da Galeria de Arte Moderna nos salões semi-abandonados do Ministério da Cultura. Não se conteve de curiosidade e foi até lá: *Para mim, é a confirmação que faltava de que a arte moderna é uma invenção ocidental que mal se adapta a estas paragens. Não tem nada a ver com estas culturas. Eles entendem a arte como tradição. Quando tentam macaquear a arte moderna, o resultado é grotesco. A própria noção de estética, de uma arte reflexiva, é uma invenção genial do Ocidente, a despeito dos que hoje tentam denegri-la. É um dos alicerces de um projeto de bem-estar iluminista. Estas sociedades desconhecem esse mundo — e daí a prevalência do budismo como um caminho para a iluminação. É impossível haver arte, no sentido ocidental, num mundo budista, que prega o desprendimento do ego e das paixões que mantêm o homem preso aos sofrimentos de uma realidade ilusória e superficial. A arte aqui só pode ser folclore ou instrumento religioso para atingir outro estágio de percepção. Ela é meio, não fim. Não há a idéia de uma tradição por acúmulo de rupturas. Não há a noção de liberdade artística. A inu-*

tilidade não tem nenhum valor. E é o que torna este mundo tão opressivo. Fora do âmbito da religião, pode haver uma sobrevivência precária, mas certamente não há imaginação. A imaginação está adormecida ou subjugada pela religião. É uma imaginação cerceada, submissa e obediente, como devem ser os jovens lamas em relação aos mestres. Nunca dei tanto valor à arte moderna, nunca entendi tão bem o projeto de tornar a ruptura estética parte do ciclo criativo da vida. A arte ocidental pretende dar ao homem uma dimensão reflexiva e estética que na Mongólia foi calada pela política e pela religião, pelo comunismo e pelo budismo antes dele. Do pouco que vi, não posso gostar do budismo tal como existe na prática dos mosteiros na Mongólia, pois ele impede a ruptura, de uma forma aparentemente amável, bondosa e pacífica, e por isso tão mais insidiosa. A Igreja budista é tão hipócrita quanto qualquer outra Igreja. Ela ocupa na Mongólia o lugar que a arte conquistou no Ocidente, no mundo da razão. A Igreja não permite que a arte se manifeste fora dos seus muros. Ela reduz o leigo à mera sobrevivência e o submete à crença como único exercício espiritual.

Na Mongólia, os leigos tendem a adorar as divindades como se fossem deuses. Não estão em busca de um estado a ser atingido, de uma fusão com essas entidades, como propõem os ensinamentos budistas, mas fazem suas preces e pedidos como fariam a qualquer outro deus de qualquer outra religião. Pagam por isso. E os monges incentivam essa prática. Igreja e religião são coisas diferentes. E a prática das instituições, pela própria imperfeição dos homens, nem sempre é o que se propõe em teoria.

O horror que o desaparecido demonstrava pela religião em seu diário vinha da desilusão e do descompasso que, em apenas três dias e sem maior conhecimento de causa, como de costume, o Ocidental também já podia confirmar.

2. Os montes Altai

O Ocidental estava pronto para partir para o oeste. De volta ao hotel, ligou para Purevbaatar. Precisava de alguém que o guiasse pelo mesmo percurso feito pelo desaparecido. Tiveram de negociar. A princípio, o guia disse que não podia acompanhá-lo. Não estava disponível. Alegou que tinha uma viagem com turistas ingleses no final do mês. Não podia desmarcar. Repetia que era um homem de palavra. O Ocidental teve que pagar caro para convencê-lo a esquecer a honra e a arrumar um guia substituto para os ingleses. Purevbaatar conhecia o caminho que o desaparecido pretendia refazer, em sentido inverso, quando desapareceu. Tirou vantagem disso para negociar o seu preço. Pela expressão consternada dos funcionários do banco em que o Ocidental, sem falar uma palavra de mongol, assinou por fim dezenas de cheques de viagem em favor de Purevbaatar (enquanto o guia, que exigira todo o pagamento à vista, o observava em silêncio), devem ter pensado que o pobre estrangeiro era vítima de um golpe. E o próprio tinha dúvidas quanto a isso. Mas não lhe restava escolha.

Havia um vôo para Altai dali a três dias. Teriam que organizar toda a expedição às pressas, no dia seguinte, a tempo de enviar de caminhão o grosso dos mantimentos, já que em Altai o pouco que havia era sempre muito mais caro. Purevbaatar contratou outro motorista de Gobi-Altai para refazer o mesmo trajeto percorrido com o rapaz brasileiro seis meses antes. O motorista os estaria esperando no aeroporto. De qualquer jeito, teriam que aguardar os mantimentos enviados de Ulaanbaatar. O caminhão era previsto para o dia seguinte à chegada dos dois. Teriam que passar uma noite em Altai. Bauaa, o motorista, tinha perdido a mulher havia pouco tempo e criava os sete filhos sozinho. De vez em quando, fazia serviços com seu jipe russo para os pais de Purevbaatar, que moravam em Altai desde que se aposentaram, embora fossem da região de Tseel, mais ao sul, onde tinham sido professores, funcionários do governo comunista.

No aeroporto, pouco antes de embarcarem para Altai, o Ocidental encontrou um australiano que trabalhava na Mongólia Interior, em território chinês. Fazia prospecção de água no deserto. Tinha sido contratado pelo governo mongol para verificar os poços que já não funcionavam no oeste do país, uma das regiões mais áridas do planeta. Era a primeira vez que pisava na Mongólia. Parecia desamparado. Não falava uma palavra de mongol, e o pouco de chinês que havia aprendido nos últimos anos de nada lhe servia agora. Ao ver o Ocidental na sala de espera do aeroporto de Ulaanbaatar, logo se aproximou e não parou mais de falar. Não dava para saber se estava apreensivo por causa do avião, e aquela era a sua forma de se distrair, ou se estava aliviado por ter encontrado um estrangeiro. Ao entrar no Antonov, o turboélice de quarenta lugares da Miat, a companhia aérea mongol, e descobrir que a primeira classe ficava atrás, nas poltronas do fundo, o australiano não se conteve: "Não é de espantar. O avião é russo!". Era um sujeito caipira, mas simpático e espirituoso, que trazia o nome bordado na camisa da empresa, na altura do peito, igual um uniforme de escola primária, como se tivesse incorporado o papel de funcionário à sua identidade e estivesse a serviço vinte e quatro horas por dia. Sentou-se ao lado do Ocidental, obrigando Purevbaatar a se acomodar na poltrona da frente. Pouco antes de embarcarem no microônibus que os levou até o avião, Purevbaatar tinha deixado o Ocidental e o australiano estarrecidos com suas piadas sobre a Miat, que era conhecida pelos acidentes. Houve uma época em que a publicidade da companhia era: "De manhã, cá; de noite, lá". Os mongóis logo a adaptaram: "De manhã, no aeroporto; de noite, morto". Como muitos não conseguiam visto de entrada para outros países ou eram mandados de volta ao chegar a Seul, onde pretendiam arrumar trabalho ilegal, logo inventaram um chiste: "Sabe o que fui fazer na Coréia?". Resposta: "Fui fazer a publicidade da Miat: De manhã, lá; de noite, cá". Bastou Purevbaatar começar a rir das próprias piadas para o Ocidental se lembrar de um trecho do diário do desaparecido. Quando o rapaz passou por Mörön, capital da província de Khövsgöl, com Ganbold, um dia antes de chegarem às ruínas do mosteiro de Ariin Khuree, encontrou um mongol gordo e simpático na fila do correio: Diz que mora em Londres e está de férias na Mongólia. Me pergunta de onde sou. Logo começa a falar de futebol. Diz que a seleção da Mongólia era uma merda e ri: "Pelo menos não existe mais". Chegaram a perder de quinze a zero para a Coréia. E morreram todos num acidente da Miat. Diz que gostaria de conhecer o Brasil. Digo que é um país violento. E ele me pergunta: "Mais que a Mongólia?". Fico sem resposta. Ele vem da região de Tsagaannuur. Digo que passei por lá. Com um sorriso sarcástico, ele me pergunta o que achei dos bêbados, porque por lá não há mais ninguém além deles. É a primeira pessoa que me fala abertamente da violência, que está no ar mas é um tabu. Fico com a impressão de que, na paz dessas paisagens despovoadas, a qualquer momento pode explodir a violência mais sangrenta, do atrito entre indivíduos alterados.

O vôo até Altai levou duas horas. Sobrevoaram os montes Khangai, com picos que continuavam cobertos de neve em pleno verão. O australiano era compulsivo, não parou de falar por quase uma hora, até de repente pegar no sono. Devia estar exausto. O Ocidental aproveitou para ler a edição do *Mongol Messenger*, um jornaleco em inglês que alguém tinha deixado no bolso do encosto da poltrona da frente. A principal manchete era a privatização da terra, algo muito pouco compreensível num país de nômades. Era o assunto do momento em Ulaanbaatar. Havia manifestações de protesto diante da sede do ex-Partido Comunista, de volta ao poder desde as últimas eleições. Era muito estranho pensar em privatização da terra num país povoado por nômades há milênios. O jornal dizia que haveria um sistema proporcional, cada indivíduo teria direito a zero vírgula tanto de um hectare, mas ainda assim era difícil entender o que aconteceria com os nômades. Das duas, uma: ou deixariam de ser nômades, ou a privatização não era de fato uma privatização. Não passava pela cabeça do Ocidental que o governo estivesse justamente pensando em erradicar o nomadismo da Mongólia. Para complicar as coisas, tudo estava sendo decidido a portas fechadas. E ninguém do lado de fora, nem mesmo o jornal, podia saber ao certo do que estava falando, e se era contra ou a favor.

A capital da província — ou do *aimag* de Gobi-Altai— fica num altiplano desértico. O australiano acordou com o avião descendo. O aeroporto era só uma pista e uma pequena construção, em torno da qual um amontoado de pessoas aguardava a chegada do vôo, agarradas à cerca de arame trançado. Uns eram passageiros que deviam embarcar no mesmo avião de volta para Ulaanbaatar, e os outros foram esperar os parentes e amigos que desembarcavam ali. O pai de Purevbaatar estava entre eles. Ventava muito. A previsão era de chuva. O australiano foi recebido por um representante do governo local e logo desapareceu. Bauaa estava ao lado do jipe. Aproveitava para limpá-lo com uma flanela sempre que podia. O pai de Purevbaatar era um homem de pele escura e marcada. Vestia uma calça preta e uma camisa social cinza. O cabelo era ralo e retinto. Usava óculos e não falava muito. Pai e filho se cumprimentaram com cerimônia. E o pai lhe dirigiu a palavra reservadamente. Parecia preocupado. Mas foi o Ocidental quem ficou mais apreensivo com a expressão e o tom da resposta de Purevbaatar.

"O que foi?", perguntou.

"Não é nada. É o seu hotel. Cancelaram a reserva."

O avião que tinha pousado pouco antes do deles e que, excepcionalmente, também vinha de Ulaanbaatar, já que havia apenas três vôos semanais da capital, trouxera o primeiro-ministro e sua equipe, que ocuparam todos os quartos dos dois hotéis do centro, inclusive o que havia sido reservado para o Ocidental. As ruas (umas quatro ao todo) estavam interditadas. Altai era uma cidade abandonada e poeirenta no meio de uma espécie de caatinga a mais de dois mil e cem metros de altitude. O pequeno centro se resumia a umas poucas quadras de construções baixas. Parecia uma cidade de faroeste. No museu que o Ocidental, na falta do que fazer, acabou visitando no meio da tarde, apresentava-se a região como uma das mais ricas no que se refere à fauna, a começar pelo cobiçado leopardo-das-neves, que estava em vias de extinção e só muito raramente era visto nas montanhas. Volta e meia a cidade era tomada pela nuvem de poeira que uma rajada de vento levantava. Também havia um bairro de iurtas na periferia, mas a aglomeração era obviamente menor que a de Ulaanbaatar. No inverno, ficava tudo coberto de neve até o horizonte. A gerente do hotel disse que nada podia fazer. Lamentava. Tinha recebido ordens superiores. O hotel estava lotado. O Ocidental não tinha onde dormir. Reconhecendo de alguma maneira o que havia lido no diário do desaparecido sobre as autoridades em Tsagaannuur, sentia-se como um personagem desavisado numa peça de Gogol. Já sem disfarçar a irritação, Purevbaatar propôs que fossem primeiro à casa dos pais. Depois do almoço, tentaria dar um jeito no caso do seu cliente.

Os pais de Purevbaatar moravam num prédio desativado de uma antiga escola para crianças. O apartamento ficava na ponta de um dos três pavilhões térreos e compridos que outrora constituíram a escola. Era um apartamento pequeno, de sala e quarto. A cozinha fora improvisada num canto da sala, assim como a cama onde dormiria Purevbaatar naquela noite. O banheiro ficava do lado de fora, e a privada era, na realidade, uma fossa infestada de moscas, cercada por um tabique de madeira. Nas paredes da sala, pintadas de verde, havia cartazes com fotos de paisagens e de crianças, uma recorrência na decoração das casas e das iurtas mongóis. Tudo era muito colorido, embora predominasse um verde sombrio. Quando chegaram, a mãe de Purevbaatar, uma mulher miúda, de óculos, com o cabelo muito preto e fino, preso num coque, já havia posto uma vasilha de bolinhos fritos, uma tigela de nata e uma garrafa térmica entre duas poltronas reservadas a Purevbaatar e ao cliente estrangeiro. O almoço consistia em chá com leite salgado e nos tradicionais *buuz*, raviólis no vapor, recheados de carne de carneiro. A mãe de Purevbaatar tinha sido professora de trabalhos manuais e o pai, de marcenaria. Ele mesmo fizera a maioria dos móveis da casa. Durante o comunismo, receberam várias medalhas pelos serviços prestados ao país, todas expostas na sala. Ao longo do almoço, cada um sentado num canto, os dois conversaram com o filho e com Bauaa sobre o *zud* (as condições extremamente rigorosas do inverno anterior), que deixou o país em estado de calamidade pública. Num acontecimento inédito, onze nômades, chefes de família da região, tinham se suicidado por causa da mortandade de seus rebanhos. Havia carcaças por toda a Mongólia. Só em Gobi-Altai, eram cerca de seiscentas mil. Com a morte dos rebanhos, os nômades estavam indo para a cidade. Tratava-se de um fenômeno novo, cujos efeitos e conseqüências ainda não se conheciam. A situação era seriíssima. Como perderam grande parte dos rebanhos, os nômades não estavam matando os animais que sobraram e não tinham o que comer. Na sala, enquanto um fazia seus comentários com ares circunspectos, os outros três aquiesciam. Purevbaatar traduzia de vez em quando o que diziam. Falavam pouco, como se estivessem num velório. Mas, apesar de lamentarem os horrores do inverno anterior, aparentemente ninguém fazia menção ao rapaz desaparecido. Era possível que Purevbaatar não tivesse dito nada aos pais. Bauaa parecia um velhinho simpático e tímido, o rosto todo enrugado e os cabelos grisalhos. Sempre que dirigia, enfiava nas mãos luvas encardidas, de crochê, mesmo debaixo de um calor de trinta graus, provavelmente para protegê-las do sol. O Ocidental ficaria pasmo ao descobrir mais tarde que Bauaa tinha apenas quarenta e nove anos. A vida em Gobi-Altai era dura. A escassez e a qualidade da água contribuíam para a alta taxa de doenças gastrointestinais e hepáticas. Era o maior índice de mortalidade infantil do país. E, para completar, com a altitude as pessoas sofriam de hipertensão.

No final do almoço, Purevbaatar saiu com Bauaa para tentar arrumar um alojamento para o Ocidental, e ele foi obrigado a ficar a sós com os pais do guia, que, embora muito simpáticos, não falavam uma palavra de nenhuma outra língua além do mongol e de um pouco de russo, que o Ocidental, por sua vez, também não falava. Permaneceram em silêncio, sentados na sala, olhando para o chão. Às vezes, quando seus olhares se cruzavam, eles sorriam e voltavam a olhar para o chão. Lá pelas tantas, o pai de Purevbaatar decidiu ligar a TV. O canal público exibia um programa vespertino de cantos folclóricos. Na verdade, aquele era o videoclipe de um novo sucesso do cancioneiro mongol. Um homem e uma mulher, vestidos com os trajes típicos, cantavam enlevados, no alto de uma montanha, uma canção de amor. A mulher segurava um ramo de flores. Quando já não agüentava, e sem interromper a cantoria (era como um ato reflexo), espantava as moscas batendo com o ramo no rosto.

Encontrar um lugar para o Ocidental passar a noite se revelou um pequeno suplício. Purevbaatar acabou achando um quarto numa espelunca freqüentada por chineses na periferia, o que não queria dizer que ficasse longe, uma vez que a cidade se resumia a quatro ruas. Mas também não era cômodo. O quarto não tinha banheiro nem pia, e dava para um cenário industrial em que portas enferrujadas e canos metálicos batiam ao sabor do vento. Aquela não era uma viagem de turismo, e mais cedo ou mais tarde o Ocidental teria que se acostumar. Purevbaatar o deixou no hotel e o aconselhou a aproveitar a tarde livre para desfrutar a cidade. Desfrutar era eufemismo. Era impossível saber onde terminava a ingenuidade e começava a ironia do guia, e mesmo se havia alguma ironia. O mais delicado era que qualquer reação mais afiada a um suposto sarcasmo poderia ofendê-lo se no fundo tivesse falado com pureza de alma e sinceridade de motivos. Sem conseguir dominar as diferenças culturais, o Ocidental se sentia de mãos atadas: em geral evitava revidar de igual para igual e, no seu paternalismo, nunca sabia ao certo se estava fazendo papel de bobo ou não.

Na manhã seguinte, Bauaa passou para pegá-lo no hotel dos chineses às sete em ponto e o levou até a casa dos pais de Purevbaatar. Não abriu a boca durante o trajeto. O material para a viagem já tinha chegado. O Ocidental aproveitou para tomar chá salgado e comer bolinhos fritos e iogurte de cabra, com o guia e seus pais, enquanto Bauaa arrumava os mantimentos no jipe. Um primo de Purevbaatar também tinha aparecido para o café-da-manhã, com um japonês especialista nos cavalos selvagens de Prjevalski (*takhi* em mongol), uma espécie rara de eqüinos, antepassados dos cavalos atuais. O primo cuidava de uma reserva criada no extremo sudoeste de Gobi-Altai, na fronteira com a China, para receber de volta esses cavalos autóctones, que sumiram da Mongólia em 1969 e só não desapareceram por completo da face da Terra graças a uns poucos espécimes que sobreviveram em zoológicos europeus e a programas de procriação desenvolvidos por australianos, suíços, alemães e holandeses. A população mundial de *takhis* agora chegava a mais de mil. Dos cinqüenta e dois exemplares que foram reintroduzidos nos anos 90 e mantidos em liberdade na reserva, apenas trinta resistiram ao inverno anterior. Outra reserva, criada nos arredores de Ulaanbaatar, mantinha oitenta exemplares de origem suíça. O primo e o japonês estavam na cidade para esperar um carregamento de *takhis* que vinham de avião de Ulaanbaatar para substituir os que tinham morrido na neve em Gobi-Altai. Por um período inicial, seriam postos num grande cercado, onde ficariam sob observação, antes de serem soltos na natureza. O primo trabalhava em associação com alemães do zoológico de Stuttgart. A mãe de Purevbaatar o chamara naquela manhã. Como ele acabava de chegar da reserva no extremo sudoeste de Gobi-Altai, devia ter passado pela região de Tseel e era muito possível que soubesse onde estavam acampados os parentes dela, que eram nômades. O primo conversou com Purevbaatar, mostrando no mapa o vale onde os tinha visto no seu caminho de volta. A princípio, o Ocidental não entendeu qual a relação, por que iam atrás dos primos de Purevbaatar, na região de Tseel, e se irritou. Achou que o guia estivesse se aproveitando da viagem para rever seus parentes ou fazer um serviço para a mãe. Achou que estivessem se desviando do objetivo por razões pessoais de Purevbaatar e de sua família, que não lhe diziam respeito. Não via a hora de ficarem a sós para lhe pedir uma satisfação. Sentia-se constrangido na frente dos pais dele. Não podia confrontá-lo. Só quando se despediram do primo e do especialista japonês é que o Ocidental percebeu, contrariado mas em silêncio, que os pais faziam questão de acompanhá-los de carro até fora da cidade. Também não entendia a razão, o que o irritou ainda mais. Com Bauaa na direção, eles seguiram o carro dos pais de Purevbaatar pela pista que ia para o sul, até deixar Altai na distância. De repente, os dois carros pararam e todos desceram. E foi quando o Ocidental começou a entender. Os pais queriam se despedir do filho fora da cidade, onde pudessem ter mais intimidade, estar mais à vontade e em paz. Queriam ficar perto do filho até o último instante, criar um ritual. Aproximaram-se, calados e tímidos, como se fizessem cerimônia uns com os outros. Estavam parados à margem da pista de terra, no meio de um altiplano desértico, tendo o início de uma cadeia de montanhas no horizonte. Na Mongólia, as mães cheiram os filhos no rosto, em vez de beijá-los. Purevbaatar se curvou, e a mãe o cheirou dos dois lados do rosto, na altura das orelhas. O pai apenas lhe segurou os braços, pelos cotovelos, como se o apoiasse. Era o mesmo cumprimento de parentes que se encontram pela primeira vez depois do ano novo lunar, comemorado em fevereiro, como na China. Havia intensidade no olhar, mas os gestos eram econômicos. Ninguém tocou em Bauaa. Ao Ocidental, a mãe de Purevbaatar disse apenas: "Daqui para a frente, é o deserto", que o filho traduziu. Os três entraram no jipe e partiram, deixando o pai e a mãe do guia à beira da estrada, envoltos numa nuvem de poeira.

Logo começaram a subir as montanhas, uma cadeia secundária dos montes Altai. A paisagem era extraordinária, um tanto extraterrestre, e continuaria assim até o anoitecer, quando chegariam por fim ao vale de Ekhen Belchir, onde deviam estar acampados os parentes de Purevbaatar, segundo as indicações do primo. O Ocidental seguia com uma irritação contida, esperando a primeira oportunidade para mostrar ao guia o seu desagrado com aquela situação em que se via enredado contra a vontade. Do alto da primeira montanha, eles avistaram a geleira de Burkhan Buundai Uul, assombrosa no horizonte, depois de uma série de colinas e depressões, desertos que de longe eram apenas manchas enevoadas a se alternar com as montanhas azuis. Não havia ninguém em lugar nenhum. Não havia nenhuma árvore. O caminho era uma sucessão de vales e montanhas, com gargantas que cortavam as montanhas até os vales seguintes. Por volta do meio-dia, antes de descerem para a primeira faixa de deserto, Purevbaatar disse alguma coisa a Bauaa, e o motorista saiu da pista. "Vamos almoçar por aqui", falou o guia. Enquanto Bauaa e Purevbaatar preparavam a comida, o Ocidental caminhou pelas redondezas e escreveu: *A paisagem é incrível. É verdade o que ele escreveu sobre as nuvens, no diário. Quando quer falar dele, Purevbaatar volta e meia se refere a* Buruu nomton, *o desajustado, em vez de chamá-lo pelo nome. Só pode ser para me irritar. As nuvens correm pelas estepes. Não há árvores em lugar nenhum. Mas, ao contrário do que acontece em Pequim, dá vontade de sair andando e não parar nunca mais, não há obstáculos, e as grandes distâncias, por se assemelharem a um gramado imenso, convidam ao movimento, às andanças e cavalgadas sem fim.*

Almoçaram na relva. O Ocidental aproveitou para afinal expressar a sua insatisfação. Estava impaciente. Lembrou a Purevbaatar que tinha uma missão — encontrar o rapaz desaparecido — e que o desvio para visitar os parentes do guia não estava em seus planos. Mas Purevbaatar, ao perceber a irritação do cliente, não se fez de rogado. Podia estar sendo pago, mas também tinha seus brios e não levava desaforo para casa. "Talvez você não tenha entendido o meu trabalho quando me contratou. Não brinco em serviço. Você me pediu para fazer o mesmo percurso que fiz com ele há seis meses. Acontece que esse percurso depende das pessoas que encontramos no caminho. Num país de nômades, por definição, as pessoas nunca estão no mesmo lugar. Mudam conforme as estações. Os lugares são as pessoas. Você não está procurando um lugar. Está procurando uma pessoa. Pois é atrás dela que eu estou indo."

Não falaram mais. O Ocidental tentou se controlar e evitar a desconfiança que já começava a corromper a relação com Purevbaatar. Almoçaram sentados na relva. O som que Bauaa fazia ao sorver a sopa era tanto mais irritante pelo silêncio dos outros dois. Depois do almoço, o Ocidental os ajudou a recolher as coisas e a guardá-las no jipe, como uma forma de tentar remediar a situação que havia criado. Seguiram viagem. Desceram por uma pista que acompanhava os postes de eletricidade até o primeiro vale. Na planície desértica, debaixo do sol a pino, o calor e a poeira eram terríveis. No final da baixada, entraram em Tsagaan Gol, um cânion que serpenteava para dentro da montanha e cujo chão, seco àquela altura, estava coberto de pedras. A passagem que lhes servia de pista devia ter sido no passado o leito de um rio caudaloso. No inverno, ficava intransponível. Dava para entender por que Ganbold se recusara a acompanhar o desaparecido por uma região que ele mal conhecia, às vésperas do inverno. Pouco depois de entrarem em Tsagaan Gol, o Ocidental pediu para mijar. Desceu do carro e caminhou até uma reentrância na parede de pedra e foi ali que viu os desenhos. Eram representações estilizadas de animais — um cabrito montês, um argali, vários veados — e outros símbolos gravados na pedra. De volta ao jipe, mencionou os desenhos a Purevbaatar, que lhe respondeu: "São inscrições rupestres da era do bronze. Podem estar marcando um túmulo. Você deve ter mijado em cima de um túmulo. São muito comuns por aqui. Você vai encontrar essas inscrições por toda parte".

Em poucos minutos, estavam de novo nas montanhas. Abandonaram a pista e a fileira de postes de eletricidade que seguiam para o sul, para Tseel, e continuaram para noroeste: *É a paisagem mais bonita que já vi. Não há vivalma. Embora não haja grande variedade de vegetação, somos surpreendidos a cada minuto pela mudança de relevo. Basta fazer uma curva para tudo mudar de figura, e o que era vale vira montanha e o que era deserto vira estepe. Finalmente, na ondulação das encostas de relva, avistamos uma iurta. É um ponto branco ao longe. Uma antena parabólica está fincada ao lado de um mastro branco com uma hélice na ponta, que gira captando a energia eólica. Purevbaatar logo me diz, com desprezo: "São nômades ricos. Não têm nada a ver com o que vamos encontrar pela frente". Paramos para pedir informações. Antes de descer do jipe, Purevbaatar grita para prenderem os cachorros, que latem feito loucos. Um homem muito forte sai da iurta. Tem jeito de lutador. Segura os dois cachorros pelas coleiras e os prende numa estaca. Atrás dele vem uma mulher com um bebê nos braços. Purevbaatar pergunta sobre o vale de Ekhen Belchir. O homem olha na* distância e, com gestos muito vagarosos, aponta para o oeste. Volta-se para nós e diz alguma coisa. Purevbaatar me consulta: "Está nos convidando para entrar". Não tenho alternativa. Não posso dizer que estou com pressa. Terei que me acostumar. Tudo é lento por aqui. Entramos na iurta, e ninguém diz nada. Eles nos oferecem chá. Ficamos sentados, tomando chá, e ninguém diz nada. Há mais um rapaz, ao que parece irmão do dono da casa. Os dois me fitam sem o menor constrangimento. O interior da iurta é confortável e, segundo Purevbaatar, excepcional para os padrões locais. Há duas camas, um televisor em cima de uma cômoda, tapetes pendurados pelas paredes. Não são nômades representativos da região. Purevbaatar puxa conversa. Há uma espécie de descompasso entre os interlocutores. É como se as respostas fossem retardadas. Ficamos nessa conversa fiada por uns dez minutos. De vez em quando, sinto um olhar sobre mim que, no entanto, logo se desvia quando o enfrento. É a mulher. Purevbaatar me pergunta se podemos ir embora. Ele agradece. Nos levantamos e saímos. Só quando já estamos de novo na estrada é que ele me diz que o sujeito mais parrudo, o dono da casa, tinha sido seu colega de escola em Tseel: "Queria fazer carreira de lutador, mas pelo jeito não foi muito longe".

Continuamos por estradas que na realidade são leitos de rios secos, campos de pedras nos fundos dos vales. De repente, a pista desaparece e ficamos perdidos. Outra iurta solitária surge na descida de um vale, como uma salvação. Nos desviamos até lá. Perguntamos o caminho ao nômade, que também nos convida a entrar, mas desta vez eu recuso. O vale onde Purevbaatar acredita poder encontrar seus primos maternos não fica longe. Continuamos, e a pista reaparece. A certa altura, topamos com um caminhão que vem em sentido contrário. Está apinhado de gente. Vejo que o motorista, com olhos de lince, consegue me avistar no banco traseiro do jipe. E embica o caminhão na transversal, no meio da pista, blo-

queando a passagem. Desce da boléia e vem na nossa direção. Apesar dos óculos escuros, posso garantir que não tira os olhos de mim. É um sujeito esquisito. Junto com ele, descem três mal-encarados. Os outros passageiros ficam a observar tudo, na maior curiosidade, do alto da carroceria. O motorista se aproxima da janela de Bauaa e lhe diz alguma coisa. Está bêbado, como os outros três, que me devoram com os olhos, assim como ao interior do jipe, com a cara grudada no vidro traseiro. Não sei o que o sujeito de óculos escuros e cara de bandido está dizendo. Bauaa lhe responde reticente. Mais uma vez, parece haver um descompasso ou uma lentidão despropositada no diálogo. O motorista volta para o caminhão com seus comparsas. Sobem na boléia e vão embora. Por um momento, cheguei a ficar apreensivo. Digo a Purevbaatar que, se fosse no Brasil, podia ter sido um assalto. "Estamos na Mongólia", ele responde. Pergunto o que eles queriam. "Nada", diz Purevbaatar. "São curiosos. Provavelmente nunca viram um ocidental." E não diz mais nada. Nem quando lhe pergunto se o desaparecido também passou por aqui. É possível que não tenha ouvido, por causa do barulho do motor. Tudo me leva a desconfiar dele.

O Ocidental logo receberia a resposta, ao ser confrontado com o espanto e a timidez de nômades que o evitavam ou o observavam como a um animal exótico. O desaparecido podia ter passado por ali, ou não, mas certamente não encontrara as mesmas pessoas. E até o final da viagem não lhe faltariam ocasiões para se acostumar com os bêbados e os curiosos que nunca tinham visto um estrangeiro e o devoravam com os olhos ao vê-lo pela primeira vez.

Ekhen Belchir (*Belchir* significa "entroncamento") é um cenário espetacular, uma confluência de vales, montanhas e estreitos, como se tudo convergisse para lá e acabasse — ou começasse — ali. "Sempre há nômades por estes lados", disse Purevbaatar. A família dele estava acampada logo na entrada do vale.

Eram três iurtas que eles avistaram ao cair da tarde. Já começava a esfriar. "Faz cinco anos que não me vêem", disse o guia. A chegada foi de fato uma comoção. Os cachorros se arremessaram enfurecidos contra o jipe e logo foram presos. Os primos não acreditavam no que viam. Não o esperavam. E ainda por cima com um estrangeiro: *Nunca viram um ocidental na vida. Perguntam a Purevbaatar se sou russo. É a referência mais próxima que têm de um ocidental. Não sabem onde fica nem o que é o Brasil. Vamos passar a noite aqui. São de uma gentileza extrema, mas ainda não entendi como podem nos ajudar. Estou nas mãos de Purevbaatar. Dependo dele para tudo e não confio no que diz ou traduz. Assim que chegamos, ele tira um grande pacote do jipe e o entrega a uma velha — a tia, irmã da mãe dele, como logo fico sabendo. É uma encomenda da mãe. Resolvo esperar que os acontecimentos tomem o seu próprio rumo, sem a minha interferência. Não tenho escolha. Tenho que me acostumar com o ritmo das coisas — não adianta querer ir direto ao assunto ou confrontar Purevbaatar. Reagiu ofendido nas poucas vezes em que o pus contra a parede. É impossível saber se estou sendo enganado ou não. E, como se não bastasse, tenho que me acostumar com a falta de banho. É apenas o primeiro dia de viagem, e já estou imundo, coberto de poeira, e pelo jeito não há a menor perspectiva de me lavar. Purevbaatar trouxe uma polaróide e me sugere fazer uma foto da família. É uma gentileza, uma forma de retribuição. Dá a entender que eles têm mais a nos dar do que o alojamento. Basta falar em foto para que todos desapareçam. E em cinco minutos estão de volta, os adultos vestidos com dels e as crianças com trajes de domingo, que reservam para ocasiões extraordinárias. Agrupam-se diante de uma das iurtas. Na fila de trás, o primo de Purevbaatar, de boné, com a mulher, as duas irmãs e a mãe, que pôs um lenço colorido na cabeça. Na fila da frente, seus quatro filhos. As mulheres cobriram o rosto com uma camada grossa de pó-de-arroz, para disfarçar a pele queimada de sol. Têm vergonha da pele escura. Depois da foto, todos trocam de roupa e voltam ao que estavam fazendo. Passo o meu primeiro aperto quando sinto uma pontada na barriga. Aqui, o banheiro é a natureza. Subo uma colina e tento me acomodar do outro lado. A vista é assombrosa, como se toda a paisagem tivesse sido coberta por um tapete esverdeado, mas o vento torna as coisas muito mais difíceis do que eu podia imaginar. Purevbaatar me instruiu a queimar o papel higiênico com um isqueiro que trago no bolso. Volto depois de meia hora, envergonhado com a minha inépcia, sem ter conseguido atear fogo ao papel, imaginando a troça que as crianças fariam do estrangeiro ao encontrar no dia seguinte os vestígios da minha inexperiência. O perigo de se aproximar dos acampamentos mongóis são os cães ferozes. Volto fazendo figa. Para minha sorte, os cachorros continuam presos. São dez da noite, e só agora começa a escurecer. Purevbaatar e eu devemos dormir na iurta do primo. Bauaa vai dormir na iurta da velha, irmã da mãe de Purevbaatar, que fica alguns metros morro acima. O primo é um homem alto, desengonçado e muito tímido. Mal o ouço falar. Antes do jantar, quando nos reunimos no interior da iurta, ao redor do fogareiro, ele não consegue nem olhar Purevbaatar nos olhos, de tanta timidez. Enrosca-se no chão sempre que fala conosco. É de uma gentileza e de uma delicadeza inacreditáveis. Cede uma cama para mim e outra para Purevbaatar. Vai dormir no chão com a mulher e os filhos. As crianças o adoram. Purevbaatar me diz que estão preocupados comigo. Não sabem como se comportar diante de mim nem o que dar de comer a um ocidental. O jantar é a tradicional sopa com massa de trigo e pedacinhos de carne seca com banha. E é quando Purevbaatar faz por fim a pergunta ao primo, a razão principal, sem que eu soubesse, de termos nos desviado até aqui. Quer saber onde poderá achar Shagdarsouren. O primo pára de sorver a sopa, põe a tigela*

*no chão e a mão na cabeça, cruza os braços e começa de novo a se
enroscar em si mesmo, enquanto tenta responder. Não sei quem é
Shagdarsouren. Não entendo do que estão falando.*

Só no dia seguinte Purevbaatar traduziu ao Ocidental a conversa da véspera. Em resumo, o primo lhe dissera que Shagdarsouren devia estar em trânsito entre Tögrök e as montanhas de Bus Khairkhan, na região de Dariu. Perdera boa parte do rebanho no inverno e decidira ir atrás do irmão em busca de ajuda. Mas, afinal, quem era Shagdarsouren? Purevbaatar e o desaparecido o encontraram seis meses antes, por acaso, quando procuravam alguma pista sobre Dorj Khamba e Suren na região de Tögrök, e foi ele quem lhes falou de um lama que teria recolhido os livros e os documentos sagrados do mosteiro de Tonkhil, que também fora destruído em 1937. A mulher de Shagdarsouren vinha da região de Tseel. Purevbaatar sabia que seu primo poderia dizer onde encontrá-los. E só por isso tinha resolvido passar por Ekhen Belchir.

Ainda é muito cedo, o sol nem raiou, quando de repente começo a perceber uma certa movimentação dentro da iurta. A mulher do primo sai para ordenhar as ovelhas. Finjo que durmo. Meia hora depois, ela volta com o leite. Os dois filhos menores e Purevbaatar continuam dormindo, mas agora é a vez de acordarem o primo, o menino mais velho e a menina. Cada um passa a se ocupar de uma tarefa. O marido ajuda a mulher. Ela lhe serve chá com leite. Sussurram. Ele sai para o campo. Vai buscar o rebanho. Quando por fim levantamos, Purevbaatar e eu, o primo já não está lá. Não o veremos mais. Nem chegamos a nos despedir. A mulher nos serve chá e bolinhos fritos. Estamos prontos para ir embora. A despedida é um ritual em que não me incluem. A velha dá um presente para Purevbaatar e uma faixa azul para Bauaa, para que faça boa viagem. Por acaso, vejo quando ela lhe oferece a faixa. Nossos olhares se cruzam por um instante, e ela fica constrangida, como se não qui-

sesse que eu a visse entregando os presentes aos dois. A mim, obviamente, não dá nada. Vamos pelas montanhas e descemos em direção a Tögrök, um povoado perdido, como uma cidade-fantasma, a cerca de mil e seiscentos metros de altitude, na beira do deserto de Sharga, onde vivem alguns dos maiores criadores de camelos da Mongólia. Tögrök é conhecido pelas terríveis tempestades de areia na primavera. Não há nenhuma vegetação. E ninguém nas ruas. Ao fundo, quando o dia está claro, dá para ver na distância a geleira do monte Sutai, o cume mais alto da região. No caminho entre Ekhen Belchir e Tögrök, marmotas e pequenos esquilos que os mongóis chamam de zouram correm por todo lado e se enfiam em suas tocas quando passamos. Também há carcaças de ovelhas, vacas e iaques, quem sabe parte do rebanho perdido de Shagdarsouren. No jipe, Purevbaatar me relata a conversa que tivera com o primo durante o jantar. Shagdarsouren deve estar em algum lugar entre Tögrök e Dariu. Teremos que atravessar o Sharga. Tanto faz o que ele diz. Mal recomeçamos a viagem, e já não acredito em nada. Em Tögrök, assim que descemos do carro, quatro crianças vêm correndo ver o estrangeiro. São os filhos de Mönö, o encarregado da agência do correio. Também nunca viram um ocidental antes. Olham para mim como se eu fosse um fenômeno da natureza. Riem e se escondem. Não há eletricidade em Tögrök, só um gerador na agência do correio. Não há ninguém nas ruas. Encontramos Mönö por acaso. Está saindo do correio para almoçar em casa quando paramos para perguntar onde podemos abastecer o jipe. É um homem grande e forte. Quer saber de onde sou, faz perguntas sobre o futebol brasileiro e nos convida para almoçar com ele. Enquanto Bauaa vai abastecer, Mönö nos leva a pé até a sua casa, que fica no bairro de iurtas na periferia do povoado. Como em toda cidade mongol, o bairro é uma aglomeração de iurtas separadas umas das outras por cercas de madeira, como um favelão. A mulher de Mönö, com uma *filha recém-nascida no colo e cercada pelas outras crianças, nos serve uma sopa com pedaços de carne seca de iaque. Fica muito interessada em mim. Faz perguntas a Purevbaatar e a Bauaa, que se juntou a nós. Quer saber se sou casado, quantos anos tenho. É como se tivesse alguma coisa em vista. E é quando fico sabendo a idade de Bauaa, para o meu espanto e o de todos em volta. Ela quer que eu cante uma canção brasileira. Diz que é o costume quando um estrangeiro visita uma iurta. Digo que não sei cantar. Ela ri e diz que eu posso dançar, se preferir. Começo a perder a paciência. Pergunto a Purevbaatar se não está na hora de irmos. Ela quer saber como se diz "até logo" em inglês. Bauaa aproveita para perguntar sobre outras palavras, para poder se comunicar comigo. Deixamos uma garrafa de vodca de presente para Mönö e seguimos para o gobi de Sharga. É a região dos criadores de camelos. Os mongóis chamam de gobi os desertos planos e de pedregulhos. As dunas são exceções na Mongólia. Faz um calor terrível, além de ventar muito. Depois de mais de duas horas, avistamos quatro iurtas ao longe. Ao chegarmos, tudo parece estar por um triz. Os criadores de camelos perderam um quinto da cáfila durante o inverno. Não têm mais o que fazer. Dormem e bebem. É um lugar desagradável, uma vida difícil. Quando não é o calor do verão, é o frio impossível do inverno. Somos recebidos na iurta do chefe do clã, Dashbatjav, um senhor magro, de cabelos grisalhos à escovinha, e num instante toda a família já está reunida ali dentro, atraída pelos visitantes. Para variar, os criadores de camelos não sabem onde fica o Brasil. Só um deles ouviu falar que esse país existe, e garante aos outros, desconfiados, que não estou mentindo. A família é a segunda mais rica entre os criadores de camelos do país inteiro. Isso significa que tem a segunda maior cáfila da Mongólia. Tinha duzentos e cinqüenta camelos até o último inverno. Estão todos sentados no chão, em volta do fogareiro. Dashbatjav pega uma tabaqueira de âmbar tra-*

balhada com detalhes de prata, que é sinal do seu status, destampa-a, dá uma cafungada e nos oferece o rapé. Purevbaatar faz apenas o gesto de quem cheira, e passa adiante. Eu o imito. A tabaqueira passa de mão em mão pelo círculo de homens na iurta. Estão todos com calças esportivas de lycra, inclusive o chefe do clã. Dashbatjav diz que um dos filhos está de partida para Ulaanbaatar, porque perderam quase todo o rebanho de carneiros na neve e não precisam mais dos serviços dele. Vai tentar a vida na capital. Diz que um dos netos foi assassinado em UB. Era campeão de luta. Ninguém sabe a razão do crime. O corpo foi colocado nos trilhos do trem, que o estraçalhou. Tomamos leite fermentado de camela e comemos carne de iaque. A cada nova iurta somos obrigados a aceitar o que nos oferecem, mesmo que tenhamos acabado de almoçar. Dois dos rapazes me olham fixamente. Querem ser fotografados. Perguntam se tenho uma câmera. Pedem que eu pose com eles. Demoro a entender que estão bêbados. Vou acabar entendendo que todos os homens, à exceção do chefe do clã, estão bêbados. Com a perda do rebanho no inverno não lhes sobrou muito a fazer além de beber e dormir para vencer o calor das tardes modorrentas, recolhidos em iurtas castigadas pelo vento. Purevbaatar pega sua polaróide, e saímos todos para tirar a fotografia. Enquanto as mulheres, auxiliadas por dois rapazes, ordenham as camelas, que precisam ser imobilizadas para não dar coices e morder, os outros homens nos levam até um córrego que passa ali perto e forma um pequeno trecho de relva pantanosa no meio do deserto. Estendem um tapete sobre a grama rala e se ajoelham como um time de futebol. São seis, incluindo Dashbatjav. Quatro tiraram a camisa. Querem que eu me ajoelhe no meio deles. Depois de pronta, a foto passa de mão em mão, enquanto eles riem a valer. Um põe o braço em volta dos meus ombros e, sacudindo a foto na minha cara, repete de uma maneira ininteligível: "Hooligans! Hooligans!". Percebendo a minha incompreensão, tira o braço dos meus ombros e, com os punhos cerrados, faz os gestos de um boxeador, repetindo sempre a mesma coisa e dando a entender, entusiasmado, que somos um bando de hooligans. Está encantado com a fotografia. As mulheres e os dois rapazes que ordenhavam as camelas se juntam a nós. Trazem duas crianças de colo. Outras três vêm correndo por conta própria. Querem uma foto da família inteira. São catorze adultos e cinco crianças. A filha caçula de Dashbatjav estuda na universidade de Ulaanbaatar e veio passar as férias com os pais. Na foto, ela aparece de óculos escuros, como uma atriz de cinema. Venta muitíssimo. Se continuar assim, não poderemos armar as nossas barracas e teremos que dormir numa das iurtas. Purevbaatar tinha pensado em pernoitar aqui. É como uma tempestade, apesar do céu completamente azul. Os pedregulhos vêm voando, e as pessoas se abrigam nas iurtas. Não quero dormir aqui, mas não ouso dar a minha opinião. Preferia seguir viagem, à procura de Shagdarsouren, e acampar nas montanhas. É possível que o vento por lá esteja igual, mas pelo menos estaremos mais protegidos e longe deste inferno. Faz um calor danado, venta como numa tempestade de areia, e os homens estão bêbados, prontos para se atracarem. Tenho a impressão de que podem ficar violentos de uma hora para outra. De vez em quando se desentendem e saem gritando de uma das iurtas. Não sei o que dizem. Pode ser brincadeira. Pode não ser. Só as mulheres e o velho parecem ter guardado algum bom senso. Diante do ócio, o chefe do clã não tem como impor a sua moral aos mais jovens. Tenta disfarçar o mal-estar, como se nada estivesse acontecendo. Sua mulher insiste que ele vá conversar com os rapazes. Está constrangida com as visitas. Diz em tom de troça que, na Mongólia, como eu posso ver, só as mulheres trabalham. De fato, trabalham como mulas, enquanto os homens bebem. Digo a ela que pode vir para o meu país. O velho não acha graça. De repente, como se tivesse lido

*os meus pensamentos, Purevbaatar se levanta num pulo e anuncia
que vamos embora. Diz que vamos tentar chegar às montanhas
antes do cair da noite. Temos umas duas horas de viagem, e já são
quase sete. Às nove, finalmente, achamos um vale pedregoso. Um
camelo desgarrado se espanta com a nossa chegada. Vamos passar
a noite aqui. Pelo menos, estamos protegidos do vento. Armamos as
duas barracas, que são individuais. Bauaa dorme no jipe. Tomamos sopa e comemos salada de batata. O jantar está ótimo. Bebe-
mos vodca. O pôr-do-sol deixa tudo alaranjado. A paisagem é
lunar. Como de hábito, não há ninguém em lugar nenhum. Não sei
o que estou fazendo aqui. Não faço a menor idéia de como poderei
encontrar o rapaz. É como se o estivesse procurando no planeta
errado.*

No dia seguinte, logo depois do café-da-manhã, seguiram
para Tonkhil, onde um importante mosteiro do século XIX tinha
sido destruído, no verão de 1937, durante o Grande Expurgo. O
vilarejo fica num vale onde há um lago de água salobra, célebre
pelos pássaros, até mesmo cisnes, que o procuram no verão. *As
colinas vermelhas ao fundo se refletem no lago como num espelho,
como um mundo duplicado. Não há nenhuma ave.* A área em volta
do lago é verde e infestada de mosquitos. O vilarejo foi construído
num lugar mais afastado, árido, sem vegetação. Agora, dada a proximidade, a geleira de Sutai aparece com mais nitidez ao fundo.
O rio Zuil desce da geleira e passa perto do vilarejo. É mais um riacho do que um rio. O mosteiro de Zuil, assim batizado por causa
do rio, era composto de vários templos. As ruínas estão espalhadas
por todo lado, sobretudo na entrada do vilarejo, e se confundem
com a terra e a paisagem árida. Tudo é amarelo e cinza. Foi um
dos grandes mosteiros da Mongólia, com mais ou menos cem

lamas. A maioria pereceu nos expurgos. Os objetos de culto, as estátuas e os textos sagrados foram escondidos pelos monges, enterrados ou entregues a famílias de devotos. No final dos anos 50, durante a coletivização, era possível ver crianças que brincavam com esses objetos, desenterrados das ruínas ou achados entre os pertences de suas famílias, quando os comunistas resolveram transformar o vilarejo num centro administrativo regional. O material de construção do mosteiro foi reutilizado para erguer os prédios do centro do vilarejo. Durante as obras, os habitantes reencontraram muitos objetos enterrados pelos monges. Eram colares, pulseiras, livros e outros objetos sagrados.

Paramos para abastecer num posto que mais parece uma caixa de argila com uma velha bomba de gasolina do lado de fora. As pessoas trazem galões de plástico para encher. Há uma fila na nossa frente. Quando me afasto para tirar uma foto com a polaróide de Purevbaatar, todos se escondem e um homem grita para mim, fazendo sinais de que não quer ser fotografado, coisas que não entendo mas posso deduzir. Bauaa pergunta ao encarregado do posto se sabe de Shagdarsouren. O homem balança a cabeça e aponta para o monte Sutai. Seguimos o rio, que serpenteia por um vale verde e pantanoso, ao longo de um desfiladeiro. Vamos até o pé da geleira. A pista desaparece de repente, num campo de pedras. Há uma família miserável, com duas iurtas, ao pé da geleira. Mais ninguém. Não conhecem Shagdarsouren. O rio aqui é mais largo. E ainda está coberto por enormes blocos de gelo encardido. Almoçamos antes de seguir por outro desfiladeiro entre Sutai e Dariu. Chama-se Khaichiin Am ("Boca de Tesoura"). Quando já estamos descendo, quase do outro lado, e já dá para ver de novo o deserto no horizonte, Bauaa aponta para um rebanho de carneiros e cabras no alto do morro. Deve haver nômades nas redondezas. Logo surgem duas iurtas à beira da pista. Bauaa pára para se informar. Um homem de bermuda e chapéu branco de copa enformada e aba estreita (imitando um chapéu de palha, só que feito de material sintético, com uma faixa em que se lê "xueshimao" — "chapéu de formatura", em chinês) sai da iurta ao ouvir o barulho do jipe. É Shagdarsouren.

Shagdarsouren cursou a escola primária em Tonkhil, no final dos anos 50, quando começaram a ser achados, entre as ruínas do mosteiro de Zuil, os objetos escondidos pelos lamas em 1937. Em 1992, recebeu o título de criador-campeão de carneiros da Mongólia. O governo comunista havia instituído a distribuição de prêmios anuais no intuito de incentivar os nômades a trabalharem durante a coletivização, uma vez que os rebanhos já não lhes pertenciam, e a prática permaneceu mesmo depois da queda do comunismo e de os animais serem privatizados. Shagdarsouren e sua mulher estavam de passagem pelo desfiladeiro de Khaichiin Am. Voltavam de Tögrök, via Tonkhil, para o lugar onde mantinham um acampamento estival e onde vivia seu irmão, nas montanhas de Bus Khairkhan, próximas a Dariu.

Uma motocicleta velha está parada ao lado de uma das iurtas. Shagdarsouren nos convida a entrar. Aparenta uns sessenta anos, embora na Mongólia nunca se saiba. Tem a pele muito escura e enrugada. Lembra o pai de Purevbaatar e parece reconhecer o guia. Ao entrarmos, a mulher, que está ajoelhada ao lado do fogareiro no centro da iurta, sorri sem graça. Pede desculpas pela desarrumação. Compreendo pelos gestos. Não esperava visitas. Tem o rosto redondo e rechonchudo. Está com um lenço estampado na cabeça. Nos oferece uma tigela de chá e outra de sopa. Shagdarsouren senta no chão, pega uma bolsa de tabaco, prepara um cachimbo e, enquanto pita, diz que os nômades que ficaram na região de Dariu durante o inverno perderam quase todo o rebanho. Diz que perdeu menos nos arredores de Tögrök do que seu irmão em Dariu, ao contrário do que nos dissera o primo de Purevbaatar. Tenho um choque ao ver, em cima de uma caixa que serve de cômoda, pintada de cor de laranja, com desenhos verdes e azuis, um altar com estatuetas e símbolos budistas e um painel com retratos de família. No painel, entre as fotografias, está pregado um pequeno distintivo de metal com a bandeira do Brasil. Tenho a impressão de reconhecer o rapaz ao lado de Shagdarsouren numa das polaróides. Ele sorri para a câmera. Está de botas, com uma calça cáqui e um blusão. Devia estar frio. Não consigo desviar os olhos da foto, nem disfarçar o meu espanto. Shagdarsouren olha para o altar e nos mostra um quadro que eu nem tinha visto e que contém os retratos em preto-e-branco de cinco parentes. Eram seus tios. Dois deles eram monges e foram perseguidos pelos comunistas. Primeiro ficaram detidos em Uliastai, capital da província de Zaukhan, e depois foram levados para a prisão do Ministério do Interior, em UB. Nunca mais foram vistos. Nos anos 90, o governo democrático decidiu ressarcir com mil dólares as famílias dos perseguidos pelo regime comunista. O quadro com os cinco retratos mostra ainda uma paisagem de Gobi-Altai. As fotografias foram retocadas de modo grosseiro. Têm alguma coisa de nordestinas. Podiam ser de uma família de retirantes brasileiros. Três notas de dinheiro foram colocadas diante de três dos cinco retratos. Como costumam fazer nos altares budistas. Shagdarsouren abandona o quadro e muda de assunto sem mais nem menos. Diz que viu várias vezes leopardos-das-neves nas montanhas da região. "O leopardo-das-neves é um animal raríssimo. Poucas pessoas têm a sorte de vê-lo." Deve ter me achado com cara de caçador ou turista ecológico. Diz que o maior perigo é para as crias de carneiros e cabras. Pergunta de onde venho e, quando Purevbaatar lhe fala do rapaz desaparecido, ouve em silêncio. Fuma e mantém os olhos baixos, como se estivesse refletindo. A mulher me observa com uma expressão intrigada. Parece ter pena de mim. Quando Purevbaatar termina, Shagdarsouren se vira para o altar e pega a polaróide que eu já tinha visto, em que ele aparece ao lado do rapaz, quando estava acampado perto de Tögrök. Diz que se lembra do rapaz. A mulher lembra que o rapaz vinha do outro lado do mundo e que havia lhes dito que, quando era meio-dia na Mongólia, onde ele vivia era quase meia-noite — mas isso está além do entendimento deles. Purevbaatar quer saber se não viram o rapaz depois do último inverno. Diz que ele desapareceu na neve quando tentava fazer o trajeto de volta, determinado a encontrar uma paisagem. Se é que conseguiu voltar até aqui, eles não o viram.

Purevbaatar fez menção a um monge, Ayush, de quem Shagdarsouren lhes falara meses antes, quando se encontraram pela primeira vez na região de Tögrök. Shagdarsouren e Ayush foram colegas de escola em Tonkhil no final dos anos 50. Com a queda do comunismo, nos anos 90, Ayush se tornou monge e se imbuiu de uma missão: construir tantos templos quantos tivessem sido destruídos nos *aimags* de Gobi-Altai e Khovd. Numa noite de tempestade de verão, por um desses acasos, quando viajava pelas montanhas de Bus Khairkhan a caminho de Bayan-uul, Ayush pediu abrigo a uma família de nômades e, ao entrar na iurta, reconheceu Shagdarsouren, seu velho colega de escola. Não se viam fazia quase vinte anos. Ayush estava voltando de Tonkhil e, entre outras, contou a Shagdarsouren a história de um manuscrito. Tinha passado os últimos anos a recolher os documentos sagrados da região que foram escondidos durante o comunismo e a distribuí-los pelos templos que ia construindo. Tudo havia começado com um manuscrito que ele decidira guardar como relíquia pessoal: semanas antes de o mosteiro de Zuil ser destruído, em 1937, um velho lama, acompanhado de uma jovem, passou por lá, fugindo dos comunistas. O velho estava muito abalado, e seu estado físico pedia cuidados. Confiou seu diário de viagem ao médico do mosteiro, Basar Gavj. Temia que o manuscrito caísse nas mãos dos comunistas, não confiava na própria saúde, já não acreditava que fosse capaz de chegar à fronteira. Basar foi assassinado em 1939, não sem antes enterrar o caderno em Tonkhil, como deixou escrito, em mongol, no frontispício para quem o achasse. Durante as obras do centro do vilarejo no final dos anos 50, quando ainda era um menino e nem lhe passava pela cabeça tornar-se monge, Ayush achou o caderno enquanto brincava entre as ruínas e o mostrou ao pai, que o escondeu.

Quando o pai morreu, Ayush, que já era homem-feito, decidiu guardar o caderno em segredo, como um amuleto. Temia que, chegando ao conhecimento dos comunistas, levasse a família à desgraça. Com o fim do comunismo, tornou-se lama e começou a aprender tibetano para poder ler o que dizia aquele texto. Levava-o sempre consigo. Era o seu tesouro pessoal. E ainda não o tinha decifrado quando, na volta de uma viagem que fez à região de Bayan-Ölgiy, para o casamento de um primo, sofreu um grave acidente de moto. Teria morrido na hora, não fosse um cazaque que passava pelo local. Em agradecimento, e na falta de outro bem que simbolicamente valesse a sua vida, ele entregou o caderno ao homem que o socorreu. Foi essa a história que Ayush contou a Shagdarsouren e que Shagdarsouren relatou a Purevbaatar e ao rapaz.

É difícil saber o que veio primeiro. Não dá para saber se Purevbaatar induziu ou não, ainda que sem querer, por ingenuidade, o relato de Shagdarsouren. O mais provável era que tivesse revelado a Shagdarsouren o motivo da viagem de seu cliente, o desaparecido, pelo oeste da Mongólia antes de Shagdarsouren contar a história de Ayush. O nômade pode ter inventado tudo com base no que lhe contou Purevbaatar. Não dá para saber quando e onde a história começa. Uma coisa leva a outra, e a coerência parece só ter efeito retroativo. Está escrito no diário do rapaz: "Ninguém sabe nada de lugar nenhum. Aprenderam a não se comprometer. O passado, quando não se perdeu, agora são lendas e suposições nebulosas. Eles não têm outro uso para a imaginação. Durante séculos, os lamas se encarregaram de imaginar por eles. Durante setenta anos, o partido se encarregou de lembrar por eles, no lugar deles. Agora, lembrar é imaginar. Às vezes prefiro quando dizem que não sabem ou não se lembram de nada". *Shagdarsouren diz que Ayush pode estar em Bayan-uul ou nos arredores do lago Sangiin Dalai. Ergue templos. Vive de templo em templo.*

Antes de sairmos, Shagdarsouren pede uma polaróide. Quer uma foto comigo. Em cinco minutos ele e a mulher vestem seus dels e calçam suas botas. Posam do lado de fora, com a iurta e a moto ao fundo. Terminada a sessão de fotos, Purevbaatar lhes oferece uma garrafa de vodca e vamos embora. Continuamos descendo até a planície, passamos pelo lago e por Dariu, onde aproveitamos para comprar água e alguns mantimentos (é mais uma cidade-fantasma), e seguimos para as montanhas em busca de um lugar onde dormir. Quando vejo no mapa que estamos rodando em círculos e que, na realidade, nos reaproximamos de Altai, nosso ponto de partida, fico furioso, mas me controlo, sou tomado de novo pela mesma desconfiança em relação a Purevbaatar. Acampamos em Dariuiyn Nuruu. Ele me oferece uma erva que arrancou do chão. Diz que se chama houmoul *e é comestível. Diz que é igual à cebolinha. Agradeço, mas não a ponho na boca. Tenho que me controlar para não dizer o que estou pensando. Dependo dele. Sinto que estou sendo enganado. E não me faltam indícios. Tento não pensar em nada. A vista, como sempre, é fabulosa. Amanhã, seguiremos para Bayan-uul, à procura de um monge chamado Ayush.*

O templo ficava na saída de Bayan-uul, solto no meio da planície desértica que já vinham atravessando desde que deixaram as colinas de Dariuiyn Nuruu. Era uma construção quadrada, de alvenaria pintada de ocre, com uma torre central de madeira e telhado de placas metálicas verdes. Lembrava Narkhajid Süm, só que no meio do nada. Uma cerca de ripas delimitava os fundos do terreno. Havia duas estupas caiadas na lateral, relicários erguidos em forma de pirâmides do lado de fora dos mosteiros. Como o templo solitário que avistamos no alto do morro quando cruzávamos o vale de Orookh, e onde no passado se erguia o mosteiro de Ariin Khuree, a pequena construção solta no meio da planície na saída de Bayan-uul parece ter sido abandonada antes de terminarem as obras, o desaparecido registrara no seu diário. Afinal, uma confirmação de que tinha passado por ali. A porta estava trancada. Purevbaatar e o Ocidental deram a volta e colaram o rosto às janelas embaçadas. Não havia nada ali dentro. Dava para ver que parte do teto tinha desabado. A construção estava inacabada. Ainda tinham esperança de encontrar Ayush em Bayan-uul, mas souberam no povoado que o monge partira fazia meses para a região do lago Sangiin Dalai (que significa "Rico Oceano", embora não tivesse mais do que algumas centenas de metros quadrados), decidido a construir outro templo. O lago não ficava longe, entre a planície desértica e as dunas de Mongol Els, num pequeno oásis. Chegaram em pouco mais de uma hora. *Passamos por cáfilas de camelos magros e maltratados. A paisagem é formada por camadas de cores diferentes. Conforme nos aproximamos, começo a entender melhor o que vejo. O deserto cinza e plano termina num lago azul, que termina, por sua vez, numa faixa de vegetação verde, que antecede uma seqüência amarela de imensas dunas. Nessa região, além da infestação de moscas, há um inseto que não podia ser mais atemorizante, apesar de me garantirem que é inofensivo. Parece desenho animado. É uma espécie de vespa. Lembra um minibeija-flor, com um ferrão no lugar do bico. O ferrão tem o mesmo comprimento que o corpo. O inseto fica zumbindo com o ferrão apontado para a sua cara. Se é tão inofensivo, para que o ferrão? O pequeno templo isolado na planície que fica antes do lago me deixa com uma sensação estranha. É quase idêntico ao outro. É como se as construções também fossem nômades e se movimentassem pelas planícies — para completar, na Mongólia, lugares diferentes têm o mesmo nome, como se o próprio terreno fosse movediço. A parede do templo é ocre, o prédio é quadrado e também tem uma pequena torre no meio, formando um mezanino central. Do lado de fora, há uma única estupa, ao lado de um ovoo, protegidos por um cercado de arame. Bauaa pára o jipe a cinqüenta metros do templo. Purevbaatar e eu vamos dar uma olhada. Está vazio, como o outro, mas pela janela dá para ver que ao menos tem um altar com objetos de culto e alguns móveis. O interior está decorado, mas não há ninguém. A porta e as janelas estão trancadas.*

Sangiin Dalai é um pequeno lago de água salobra. Havia uma iurta na faixa de vegetação que precedia as dunas. Se não fosse onde morava o próprio monge, pelo menos alguém saberia dizer como encontrá-lo. Sangiin Dalai é mais um alagado do que propriamente um oásis. *Serve de refúgio para os pássaros. Há garças e cisnes. Ao nos aproximarmos da iurta, um homem sai lá de* dentro e começa a gritar e a acenar. Não é um lama. Bauaa demora a entender que o homem está tentando nos alertar: estamos num terreno pantanoso e por um triz não ficamos atolados. Com gestos, o homem mostra o caminho para chegarmos até ele. Temos que fazer uma grande volta. Ainda não são nem quatro da tarde, e já está com um hálito forte de álcool. Ele nos diz que Ayush partiu faz algumas semanas para Chandmani, no aimag de Khovd, onde tem um primo, Davaajav, que é um conhecido cantor de khoomi, uma das artes mais tradicionais da Mongólia. Parece que Ayush quer construir um templo na região. A mim, soa como piada de mau gosto, escreveu o Ocidental. Era como se Ayush estivesse imbuído da missão de espalhar templos pela Mongólia, mas não da paciência necessária para mantê-los ativos. Antes de acabar as obras ou logo depois, ele as abandonava. A julgar pelo diário do desaparecido e pelos templos encontrados no caminho, devia haver outros lamas como ele soltos pelo país. A ânsia de difundir a religião não lhes permitia se estabelecerem em lugar nenhum. Eram nômades antes de ser monges. Os templos eram abandonados às vezes antes mesmo de começarem a funcionar.

Depois de passarem pelo vilarejo de Khohmorit, provavelmente um dos lugares mais desoladores do planeta, justo quando atravessavam a região inóspita do gobi de Khüysyin, um deserto cinzento e lúgubre, como o fundo seco de um oceano antigo e raso que a Mongólia teria sido num passado remoto, o motor começou a fazer um barulho estranho e Bauaa lhes comunicou que não podiam continuar. O Ocidental não cansava de se perguntar, em silêncio, como tinha se metido naquela enrascada. Estava fora de si, mas não podia estourar. Estava nas mãos do motorista e do guia. O problema é uma peça do carburador. Ficamos parados no meio do deserto, com Bauaa debruçado sobre o motor. De repente, fecha o capô do jipe e diz alguma coisa a Purevbaatar. Pergunto se ele consertou o defeito. Purevbaatar diz que ainda não. Mas, "por sorte", Bauaa avistou algumas iurtas no caminho e vamos voltar para pedir ajuda. Entramos no carro. Ele dá a partida, como se nada tivesse acontecido, como se não houvesse problema nenhum com o motor. Conseguimos chegar até as iurtas. Para mim, que não entendo uma palavra, é como se tudo estivesse planejado. O chefe da casa conhece Bauaa. Não é uma grande coincidência? Os homens se empenham em fabricar um substituto para a peça quebrada do carburador, com um isqueiro de plástico. É uma peça mínima que eles arrancam do interior do isqueiro depois de quebrá-lo. Todos se reúnem em torno do motor aberto do jipe. Enquanto um deles quebra o isqueiro, os outros observam e de vez em quando dão sugestões. E, como que por milagre, fazem o motor funcionar (embora estivesse funcionando antes, tanto que conseguimos chegar até eles). É um momento de confraternização. Nos convidam para entrar e comer. Como são criadores de cavalos de corrida e são relativamente ricos, continuam abatendo seus animais, mesmo depois dos desastres do último inverno, e comem carne fresca nas refeições, o que significa, para minha infelicidade, que se deliciam com nacos de banha de carneiro cozida. São gentis e simpáticos. Passam uma tigela com pedaços de carne e banha para nos servirmos. Bauaa diz que já não se encontra carne como aquela, enquanto se deleita com os bifinhos de banha. É incrível. Não faz nem duas horas que almoçamos. Logo percebem o esforço que faço para comer a banha e dizem que só me deixam ir embora depois de raspar três pratos. Riem da minha cara. Depois do almoço, passamos pela indefectível sessão de polaróides. Eles me fazem montar num cavalo para ser fotografado ao lado deles, também montados em seus cavalos. Parecemos um time pobre de jogadores de pólo.

Purevbaatar lhes oferece vodca e potes de ameixas em calda em retribuição pela acolhida calorosa. Seguimos viagem. Não avançamos nem quinhentos metros quando o jipe quebra de novo. Ainda vemos as iurtas dos criadores de cavalos ao longe. Desta vez, Bauaa consegue consertá-lo sozinho. Começo a desconfiar de que tenha procurado a iurta do seu conhecido só para comer carne fresca, e isso menos de duas horas depois de já ter devorado a nossa comida, que nunca o satisfaz. Aqui, tudo é repetição. Bauaa passa a viagem inteira ouvindo a mesma fita, um pot-pourri de canções folclóricas e militares, entre elas a canção de amor cujo clipe pude ver na TV na casa dos pais de Purevbaatar, em Altai, com o casal vestido com trajes típicos no alto de uma montanha e a mulher a espantar as moscas do rosto com um ramo de flores. Escuta as mesmas músicas repetidas vezes, feliz da vida com a repetição, que no fundo só parece lhe aumentar o prazer. As iurtas também são todas iguais. Não vejo graça nenhuma em parar para visitá-las depois de já ter estado em algumas. Bauaa, ao contrário, está sempre disposto a parar e comer e tomar uma tigela de leite e chá salgado. Se pararmos a cada dez minutos em iurtas diferentes (graças a deus, passamos horas sem vê-las), vamos comer a cada dez minutos, sem parar. Não há hora para as refeições, e Bauaa parece ter o estômago furado, como de resto a maioria dos mongóis que encontrei até agora. Bauaa tem o corpo seco. Deve ter a síndrome de quem já passou fome. Ainda assim, só consegue engolir legumes e verduras (as conservas de Purevbaatar) muito a contragosto.

As estradas da Mongólia na realidade são pistas que o motorista tem que decifrar entre dezenas de outras, são marcas de pneus em campos de pedras, desertos e estepes. Marcas deixadas por pneus que, de tanto incidirem sobre o mesmo caminho, acabam criando uma pista. Muitas vezes, no deserto, por exemplo, não há nenhum ponto de referência além das trilhas deixadas pelos pneus de outros *carros. Os motoristas insistem em segui-las, como quem toma o caminho seguro, tradicional. O bom motorista é aquele que sabe achar a sua pista no deserto. A boa pista. A repetição é a condição de sobrevivência. É essa também a cultura dos nômades. Apesar da aparência de deslocamento e de uma vida em movimento, fazem sempre os mesmos percursos, voltam sempre aos mesmos lugares, repetem sempre os mesmos hábitos. O apego à tradição só pode ser explicado como forma de sobrevivência em condições extremas. A idéia de ruptura não passa pela cabeça de ninguém. As estradas só se tornam estradas pela força do hábito. O caminho só existe pela tradição. É isso na realidade o que define o nomadismo mongol, uma cultura em que não há criação, só repetição. Decidir-se por um caminho novo ou por um desvio é o mesmo que se extraviar. E, no deserto ou na neve, esse é um risco mortal. Daí a imobilidade dos costumes. Os dois motivos (losangos ou círculos entrelaçados) que sempre se repetem na decoração das portas, portões, móveis, tapetes etc., por toda a Mongólia, representam o infinito e o casamento, o que só confirma a obsessão pela estabilidade e pela tradição numa sociedade que em aparência é completamente móvel, a ponto de não haver espaço para nenhum outro movimento.*

Se àquela altura ele já tivesse decifrado outro trecho do diário do desaparecido, é possível que, sob influência da leitura, também passasse a ver as coisas sob outra ótica: Entre os nômades, o interessante não é o sistema e os costumes, que são sempre os mesmos, mas os indivíduos. A graça de visitar as iurtas é a surpresa do que se vai encontrar, a diversidade dos indivíduos que ali estão fazendo as mesmas coisas. O nomadismo em si não tem nenhuma graça. A mobilidade é só aparente, obedece a regras imutáveis e a um sistema e a uma estrutura fixos. São as pessoas. Talvez por causa da vida dura e isolada, sem surpresas ou novidades, as visitas em geral sejam tão bem-vindas. O nomadismo é uma estrutura regulada pela necessidade e pela sobrevivência nos seus fundamentos mais essenciais. Não há liberdade, pois não é possível escapar a essa regra (em última instância, poderia dizer isso de qualquer outra cultura). É uma vida regrada pelas necessidades básicas da natureza. Uma vida simples, reduzida ao essencial para a sobrevivência. O que conta são os indivíduos, quando não sobra mais nada.

Mas o Ocidental não estava interessado nas pessoas. Não tinha tempo a perder. Estava em busca de uma pessoa. Com as horas que desperdiçaram consertando o jipe, não daria para chegar a Chandmani antes do cair da noite. Resolveram pernoitar a meio caminho, às margens de Dörgön Nuur, um grande lago de água salgada, povoado de gaivotas, que voavam e mergulhavam à procura de peixes, e cercado de praias de seixos e de dunas no meio da estepe. Pelo caminho, tinham visto muitas carcaças de animais mortos no inverno anterior. Dörgön Nuur costumava atrair turistas no verão. Como ainda estava frio no final de junho, não havia ninguém nas margens do lago. Chegaram tarde, com o pôr-do-sol. O céu estava rajado de nuvens rosadas. Escolheram um lugar mais afastado para acampar, depois de passarem por um imenso *ovoo*, que mais parecia um mausoléu, todo cagado por gaivotas e muito reputado entre os maiores campeões de luta da Mongólia. Em geral, os grandes lutadores iam a Dörgön Nuur fazer suas oferendas antes de um combate importante.

Bauaa nos deixa armando nossas barracas e sai à procura de uma família de nômades com o pretexto de consertar o jipe de uma vez por todas. Diz que talvez só volte de manhãzinha. Não duvido de que no fundo tenha saído atrás de um jantar. Não suporta as saladas de batata e as sopas de legumes em conserva de Purevbaatar. Nem toda a fome do mundo vai fazê-lo engolir legumes e verduras. Ficamos sós. Depois de comermos, quando conseguimos rela-

xar, um carro desponta lá longe, na margem leste, e vem na nossa direção. Pára a vinte metros das nossas barracas. São quatro sujeitos de Altai. Vêm nos ver. Contam uma história furada. Estão procurando outro carro. Perguntam a Purevbaatar se não vimos os amigos deles. Dizem que vieram prestar homenagem ao ovoo dos lutadores. E, por incrível que pareça, resolvem se banhar no lago bem na frente das nossas barracas. A água está gélida. São uns sujeitos estranhos. Purevbaatar diz que conhece um deles. É um lutador (ou ex-lutador) de Altai. Não era dos melhores. Se se conhecem, por que não se cumprimentaram? Como não entendo os códigos locais, começo a ficar apreensivo. Eles pulam, brincam, falam alto e arrotam na água bem diante de nós. Parece provocação. Saem da água tiritando, se enrolam em toalhas, ligam o rádio do carro aos brados e começam a cantar e a beber. E eu, a me irritar. Estão bêbados. Por que tinham que ficar justamente aqui, quando podiam ter se instalado em qualquer outra parte do lago? Na alta estação, Dörgön Nuur costuma ser freqüentado por turistas, e parece que nos últimos anos os nômades da região se acostumaram a fazer pedidos aos estrangeiros sem a menor cerimônia. Com a abertura da Mongólia, é inevitável que a cultura nômade se contamine com o que há de pior na civilização sedentária e ocidental. Mas agora não há ninguém à vista, nem turistas nem nômades para nos assediar com seus pedidos. Estamos a sós com os lutadores. Purevbaatar diz que não preciso me inquietar, mas a situação é tensa. Talvez queiram apenas estabelecer algum tipo de contato, mas são muito intrusivos. Como sempre, estão curiosos em relação a mim. A Mongólia não é um país só de gente acolhedora e ingênua. Já tinha sentido isso com os criadores de camelos. Os sujeitos agora se aproximam e cospem no chão. Como se quisessem nos intimidar. E de fato estamos intimidados. Não dizemos nada. Noto que Purevbaatar calçou as botas. Tínhamos tirado as botas ao chegar.

Pergunto a ele por que calçou as botas. E ele diz que está com frio. Como não confio nele, tudo fica pior. Acho que está se preparando para fugir. Resolvo calçar as minhas botas também, por via das dúvidas. Começo a tomar notas para disfarçar a apreensão. Ao me ver escrevendo, um dos trogloditas se aproxima e mete a mão no meu bloco de anotações. Me pergunta alguma coisa em mongol. Não posso dizer que seja simpático. Não sorri em momento nenhum. Sentado diante da sua barraca, Purevbaatar me diz que o troglodita quer saber o que estou escrevendo. Depois volta ao seu silêncio. Purevbaatar não se mexe. Não sei o que está pensando. Diz que não é nada, mas sinto que também não está gostando da situação. Tento me convencer de que o intruso é gentil, mas a diferença cultural cria uma tensão permanente. Na incompreensão, só me resta escolher entre o paternalismo e o medo. Começo a entrar em pânico. Continuo escrevendo para disfarçar. Escrevo qualquer coisa, só para ter o que fazer e me mostrar ocupado. E mesmo que Purevbaatar não fuja, dificilmente poderemos enfrentar os quatro lutadores. São onze da noite, e eles não vão embora. Estou exausto, mas não entro na barraca enquanto eles não saírem daqui. Começo a achar que é um assalto. À meia-noite, entram no carro, batem as portas e desaparecem. Da mesma forma como apareceram. Durante a noite, acordo sempre que ouço o ronco de um motor ao longe. São os intrusos e seus amigos. Volta e meia, os faróis surgem e desaparecem ao longe, do lado nordeste do lago, perto das dunas. Devem estar apostando corrida. É uma noite tensa. Fico alerta, pronto para fugir se os faróis se aproximarem de novo. Mas para onde? Bauaa só volta de manhã. Com o nascer do sol, o lago, que na véspera era tão calmo quanto um espelho d'água, agora, em comparação, parece um mar revolto, com marolas insufladas pelo vento forte. É como acordar na praia, à beira-mar. Se me mostrassem uma foto, nunca me passaria pela cabeça que estava vendo um platô da Ásia Central, a milhares de quilômetros do oceano. O céu ficou cinza. Já não dá para ver nem a outra margem nem as dunas onde os intrusos apostavam corrida à noite.

***

Chandmani foi o primeiro vilarejo que o Ocidental visitou no *aimag* de Khovd. É a região do canto difônico, ou *khoomi*, uma arte praticada há séculos, especialmente pelos nômades das montanhas do oeste e pelos tuva, etnia mongol espalhada pela fronteira com a Rússia. Consiste em produzir dois sons ou melodias simultâneas, usando o peito (para obter um som mais aberto, que prevalece no caso dos tuva), a garganta e o nariz. Chandmani é um típico vilarejo mongol. São poucos prédios principais (a prefeitura, o correio, o dispensário, a escola etc.). Foram construídos durante o regime comunista dentro do projeto de criação de centros administrativos regionais. Em geral, reproduziam a estética soviética: eram caixotões de dois andares separados uns dos outros por ruas poeirentas. Boa parte da população continuava vivendo em iurtas na periferia. Purevbaatar já sabia que o monge Ayush era primo de Davaajav, célebre cantor de *khoomi* da região, o que facilitava a busca. Tinham que encontrar Davaajav. Se Ayush não estivesse com o primo, este pelo menos saberia dizer onde procurá-lo. Ao chegarem ao vilarejo, foram ao centro de cultura, em busca de alguém que pudesse conduzi-los ao cantor. Havia uma grande movimentação na porta do prédio. Homens de botas, vestidos com seus *dels*, entravam e saíam sem parar. Dois sujeitos mal-encarados controlavam a entrada principal, no alto de uma pequena escada. A presença do Ocidental os deixou sem ação. Um deles ainda perguntou a Purevbaatar o que queria, mas só quando o Ocidental já estava dentro do prédio, depois de ultrapassar a cortina de cetim vermelho que separava o exterior do interior. Na ante-sala, as paredes eram pintadas de cores vivas e tons pastel, com desenhos de astros celestes e motivos revolucionários e folclóricos estilizados. Duas mesas de bilhar tinham sido instaladas no meio da sala, e os homens jogavam e faziam suas apostas. Não havia janelas. Era uma cena e tanto. O centro cultural fora convertido numa espécie de cassino. Purevbaatar queria falar com o secretário de Cultura ou com o prefeito. Um dos mal-encarados fez sinal ao outro, que saiu às pressas para chamar o secretário. O centro era um resquício soviético. Tinha sido desativado como espaço de difusão cultural. Enquanto esperavam, o Ocidental sacou da polaróide de Purevbaatar, mas logo provocou um grande alvoroço. Ninguém queria ser fotografado. Ou lhe davam as costas ou saíam resmungando da sala para outra ao lado. O secretário chegou correndo, a tempo de impedir que o Ocidental tirasse uma foto. Era um homem alto e forte, a voz da autoridade e o típico político do interior. Estava encantado com a visita de um estrangeiro. Fez Purevbaatar pedir ao Ocidental que guardasse a câmera e os conduziu até o seu escritório nos fundos do prédio, depois de atravessarem uma sala de teatro abandonada, da qual restava apenas o palco vazio e escuro ao fundo. As filas de cadeiras foram removidas e estavam amontoadas e encostadas às paredes pintadas de azul até a altura dos olhos e de branco até o teto. O chão era de ripas de madeira empenadas e empoeiradas. Já no escritório exíguo e sombrio do secretário, ele lhes explicou por que não podiam fotografar ali dentro: as mesas de bilhar não deviam ter sido instaladas num prédio público, mas o secretário não tinha escolha, afinal estava ali para atender as necessidades da população, e as pessoas precisavam de dinheiro e por isso iam jogar. Era como se o Ocidental tivesse finalmente vencido a barreira das aparências e descoberto um espaço secreto — e ao mesmo tempo onírico — no meio da paisagem árida e inóspita. A cultura oficial havia sido convertida em crime.

O secretário fez questão de acompanhá-los até a iurta do cantor difônico, com o pretexto de mostrar-lhes o caminho. Seguia de carro, na frente do jipe de Bauaa. Conheciam-se fazia menos de uma hora, e o Ocidental já não o suportava. Não queria que ele se intrometesse. Ficou indignado com a passividade de Purevbaatar. Não queria que as autoridades mongóis soubessem da razão de sua viagem, não queria que soubessem que havia um brasileiro desaparecido. Purevbaatar lhe explicou que, para disfarçar, tinha dito ao secretário que ele era um estrangeiro interessado no canto difônico e que só por isso o secretário fez questão de acompanhá-los. Logo voltaria para o seu cassino. E, de fato, depois de quinze minutos de conversa com o cantor, levantou-se e voltou para Chandmani. Davaajav estava acampado nas redondezas, próximo do local onde jogavam o lixo do vilarejo. Também costumava passar temporadas nas montanhas, em Jargalant Khairkhan. De fora, talvez por conta da aridez do terreno em volta e dos abutres atraídos pelo lixo, sua iurta parecia especialmente pobre, o que o interior decorado com tapetes nas paredes, colchas muito coloridas nas camas e o chão forrado de plástico estampado não confirmavam. Ao entrarem, havia um rapaz dormindo numa das camas. Davaajav lhes explicou que era um hóspede japonês e que estava doente. Tinha comido alguma coisa estragada. Era agricultor. Viera do Japão exclusivamente para aprender o canto difônico. Não sabia uma palavra de mongol e falava só umas poucas de inglês. Comunicava-se com o cantor por meio de gestos. Ao notar a presença dos visitantes, o japonês abriu os olhos e tentou sentar na cama. Mal conseguiu. Trocou duas frases de inglês com o Ocidental e voltou a se deitar. Pretendia passar dois meses com Davaajav. Mas, segundo o cantor, não levava jeito. Davaajav tinha cantado em público pela primeira vez em 1969. Antes de partir para o serviço militar, seu irmão mais velho lhe ensinara os fundamentos do canto difônico. O resto ele aprendeu sozinho. São necessários pelo menos dezesseis anos de prática para se tornar cantor. O *khoomi* é um canto tradicional, que há séculos é praticado nas montanhas, mas foi só a partir dos anos 50 que Khovd passou a ser uma região conhecida por seus cantores. A primeira apresentação pública de um cantor difônico data de 1945. Davaajav dizia que o canto difônico era precioso, que vinha dos tempos antigos e devia ser preservado de geração em geração. Orgulhava-se de ter se apresentado na Alemanha Oriental, em 1975. Para ele, havia três modalidades de *khoomi* (de peito — *kharkhiraa* —, de garganta — *khooloinii* — e de nariz — *tseejnii*), embora outros defendessem a tese de que houvesse mais. A melhor idade para aprender é entre dezoito e vinte anos, quando as cordas vocais já estão maduras. O canto está diretamente ligado aos sons da natureza: ao vento, ao barulho do rio etc. É uma espécie de recriação, tentativa de imitação ou reprodução da natureza. A arte mongol não tem como não se submeter à natureza, tal é a grandiosidade das paisagens, tinha escrito o desaparecido, Buruu nomton, no diário. Lá pelas tantas, quando Davaajav resolveu entoar alguns trechos de *khoomi* para os convidados, o Ocidental começou a se impacientar. Lembrou que Ayush não estava lá. No final da cantoria, pediu a Purevbaatar que perguntasse a Davaajav sobre o primo. E, por um instante, chegou a ter a impressão de que Davaajav, pego de surpresa, não sabia de quem estavam falando. Por fim, o cantor disse que Ayush tinha ido às montanhas examinar o sítio onde pretendia construir um templo mas já devia estar voltando. Era esperado ao entardecer. Nesse meio-tempo, o japonês se levantou e tentou entabular uma conversa com o Ocidental. Arranhou algumas frases num espanhol precário, que entremeava com o inglês. O Ocidental lhe perguntou se tinha encontrado o monge. "Que monge?", ele respondeu, em espanhol. E a resposta só aumentou a suspeita de que não havia monge nenhum. O Ocidental traduziu para Purevbaatar o que tinha dito o japonês. E Purevbaatar, por sua vez, reproduziu a Davaajav o que lhe dissera o Ocidental, ao que o cantor, com o rosto voltado para o japonês, falou qualquer coisa em tom de desprezo e caiu na gargalhada, dando a entender que seu aprendiz era um inútil. Ou pelo menos foi o que deduziu o Ocidental, sempre achando que era enganado, sem compreender nada do que acontecia a sua volta.

Ayush chegou no final da tarde. Podia muito bem ser um impostor. Podia ser mais um mal-entendido. Ayush era um nome comum. Sua imagem não correspondia ao personagem da história de Shagdarsouren. Havia uma incongruência física em relação à expectativa do Ocidental. Era um homem mediano. Apesar da idade — devia ter no mínimo cinqüenta anos, se de fato tivesse sido colega de escola de Shagdarsouren —, o corpo parecia o de um rapaz. Não era propriamente musculoso. Era ao mesmo tempo muito maleável e firme, como o corpo de um contorcionista, um pouco inchado, como se tivesse sido inflado e pudesse se esvaziar a qualquer instante. Contrariando a tendência do envelhecimento precoce entre os nômades mongóis, Ayush parecia vinte anos mais jovem. Não tinha nenhuma ruga. Mais que isso: havia alguma coisa de impúbere na sua aparência, alguma coisa de recém-nascido ou de verme. Não tinha pêlos, à exceção do cabelo raspado e da sobrancelha fina. A pele era muito lisa, esticada e translúcida, deixando entrever as veias. Ele tinha marcas roxas nas pernas. Embora não fosse branco, era bem mais claro que a maioria dos mongóis, pálido, amarelado. O rosto era achatado, redondo, com as pálpebras entumecidas e bolsas debaixo dos olhos rasgados. Os lábios eram arroxeados e finos. Pelas anotações que o Ocidental deixou, dava para perceber que ficou perturbado com a presença física do monge e suas insinuações. Ayush foi recebido por Purevbaatar, que tinha saído para dar uma volta. Bauaa dormia no jipe. O Ocidental, que descansava na iurta, ao lado do japonês, só se deu conta de que era o monge que estava ali depois de ouvir cinco minutos da conversa entre eles do lado de fora. Quando saiu para averiguar, teve a impressão de que Purevbaatar dava instruções ao recém-chegado. Ayush estava com o peito nu e, assim que viu o estrangeiro, cobriu-se com o manto vermelho que trazia enrolado a tiracolo e o cumprimentou. Sob os olhares de Purevbaatar, que traduzia para o Ocidental, o monge repetiu a história de Shagdarsouren.

Diz que se lembra do rapaz brasileiro, quando da passagem de Purevbaatar pela região há meses. Não o reviu desde então. Lamenta que esteja desaparecido. Não faz a menor idéia de onde possa estar. Diz que alguns nômades morreram no último inverno. Promete rezar vários sutras pelo sucesso da nossa viagem. Sobre o manuscrito de 1937, cujo teor ele próprio não chegou a decifrar, não podendo assim confirmar a história da monja careca de Narkhajid Süm, diz que o entregou a um falcoeiro cazaque, a quem deve a vida depois de um acidente de motocicleta, quando voltava de Bayan-Ölgiy. A bem dizer, não pronuncia o nome do seu benfeitor. Como também não o disse a Purevbaatar há seis meses. A história é nebulosa. Não sabe o nome do falcoeiro. Purevbaatar lhe fala de um homem chamado Baitolda, mas ele balança a cabeça. Não tem mais nada a nos dizer. Suas maneiras são tão sinuosas, que é como se, ao falar, manifestasse corporalmente, até para quem não entende uma palavra de mongol, um discurso
· *escorregadio. Ele é desagradavelmente insinuante, como um eunuco. Peguei-o mais de uma vez a me observar com o canto dos olhos.*

Fico com a impressão de estar avançando numa rede de mentiras que se auto-reproduz. Tenho a sensação de estar me perdendo a cada passo. Tento voltar atrás, recapitular o trajeto do desaparecido: 1) Depois de ouvir, em Ulaanbaatar, uma história que pode ou não ter acontecido, e sem que tivesse nenhuma prova ou pista, ele resolveu procurar o local onde um velho lama teria visto o Antibuda, na forma de Narkhajid, em 1937, quando fugia dos comunistas guiado por uma moça que ele próprio teria violado anos antes. Determinado a fotografar aquela paisagem, a cena da alucinação do lama, mas sem nenhuma indicação mais precisa, o desaparecido embarcou numa viagem cega, com Purevbaatar, pelos montes Altai: A paisagem não se entrega. O que você vê não se fotografa. *2) Em Tögrök, encontrou um nômade que lhe falou de um manuscrito dos anos 30, que um monge teria achado entre as ruínas de um mosteiro, e deduziu que só podia ser o diário do velho lama. 3) Na esperança de que o manuscrito revelasse alguma coisa sobre o lugar da visão, o desaparecido continuou à procura do monge, só para descobrir que o caderno secreto tinha sido entregue a um falcoeiro cazaque cujo nome o monge desconhecia.*

Tudo é tão irreal. Nada garante que o manuscrito de Ayush seja o mesmo do velho lama de 1937. Nada garante que o caderno exista. Nada prova nada, e ainda assim seguimos em frente. O desaparecido atrás do manuscrito, e agora eu atrás dele. É como se todos mentissem e as mentiras fossem complementares.

Purevbaatar e o rapaz acabaram encontrando um falcoeiro cazaque há seis meses. Seguiram as pistas que lhes revelara Ayush. Descrições físicas do homem que o salvara e as coordenadas da região do acidente. Os falcoeiros são uma tradição medieval mantida pelos muçulmanos da Ásia Central e da Arábia. Mas, ao contrário dos árabes, que usam pequenos falcões em suas caçadas, os cazaques da Mongólia caçam com o auxílio de águias amestradas, aves tão grandes e tão pesadas que às vezes os caçadores precisam de tipóias para sustentá-las no antebraço. No final do que nos conta

Ayush, Purevbaatar me diz que o falcoeiro é a única pista que nos resta, a nossa última chance. Vamos procurá-lo no aimag *de Bayan-Ölgiy. De repente, todo o percurso que fizemos até aqui me parece inútil. O sentimento de estar sendo passado para trás chega a um ponto em que já não consigo me conter. Tudo é ambíguo e impalpável. É como se Purevbaatar tivesse traçado este itinerário tortuoso só para justificar o pagamento que exigiu antes de partirmos de Ulaanbaatar. E, pela segunda vez desde a saída de Altai, não consigo controlar a minha insatisfação, mesmo sabendo que dependo dele e posso pôr tudo a perder. Pergunto qual é afinal a sua estratégia. E de repente me dou conta da minha própria burrice. Pergunto por que não fizemos o caminho inverso, começando por Ölgiy e terminando em Altai. Ele me responde, como se estivesse perplexo com a minha explosão, que agora é fácil pensar assim, depois de já termos feito boa parte da viagem. Diz que, se o rapaz pretendia mesmo fazer o caminho inverso, de volta, como tinha anunciado antes de desaparecer, então podia estar em qualquer ponto do percurso que os dois fizeram desde Altai. Pergunto por que tínhamos que vir falar com Ayush se desde Shagdarsouren já sabíamos da história que nos contaria. E é quando Purevbaatar se irrita: "Nunca falei nada, por respeito e porque preferia que os próprios fatos confirmassem as minhas suspeitas. Se você quer mesmo saber, durante todo o tempo, desde o momento em que ele desapareceu, achei que a teimosia dele em refazer o percurso, a insensatez de querer voltar à força sobre os próprios passos, não tinha outro objetivo senão reencontrar Ayush. A história de que havíamos passado sem perceber pelo lugar em que o velho lama teria tido a visão em 1937 era uma desculpa esfarrapada. Posso pagar com a língua, mas é o que eu acho. E você entenda como quiser". Buruu nomton, o desajustado. Purevbaatar sai ofendido e me deixa a sós com o monge, que, revirando os olhos, com voz maviosa e gestos sinuosos, me convida a entrar na iurta.*

Seis meses antes, Purevbaatar e o desaparecido encontraram um falcoeiro cazaque ao pé da geleira de Tsambagarav, na fronteira entre os *aimags* de Khovd e de Bayan-Ölgiy. Chamava-se Baitolda. Embora de início não tivessem certeza de estar diante da pessoa que realmente procuravam, o falcoeiro logo lhes confirmou a história de Ayush, ou pelo menos foi isso que Purevbaatar depreendeu do que ele dizia, já que o falcoeiro não falava bem mongol e Purevbaatar não falava cazaque. Encontraram Baitolda fora de casa (e por isso não lhe pediram nenhuma prova do que dizia, não lhe pediram para mostrar o manuscrito de Dorj Khamba), no inverno, época em que os falcoeiros saem para caçar com suas águias. Não caçam no verão. De qualquer jeito, como Tsambagarav ficava no caminho, Purevbaatar e o Ocidental não tinham razão para não passar por lá agora, mesmo sendo verão. Não podiam descartar a hipótese de que o falcoeiro estivesse nas montanhas, e, mesmo que não estivesse, outros nômades poderiam lhes dar alguma pista para achá-lo. Levariam pelo menos dois dias até Tsambagarav, com uma parada na região desértica a oeste do lago Khar-Us e outra em Khovd, capital da província homônima. Podiam ter ido direto a Khovd se tivessem saído na manhã seguinte, mas o Ocidental se recusou a dormir em Chandmani (não queria rever o secretário de Cultura) e já era muito tarde quando deixaram a iurta de Davaajav. Chegaram com o sol se pondo à planície por onde passa a pista que liga as cidades de Altai e Khovd. Tinham de encontrar um lugar protegido do vento antes do cair da noite, um lugar que ficasse longe o suficiente do lago Khar-Us, conhecido pela infestação de mosquitos. Os insetos, de todo modo, dariam um capítulo à parte. Quando chegaram aos rochedos, à procura de um abrigo, deram com um festival de mosquitos, moscas e vespas. Além, é claro, de formigas de toda espécie e tamanho. Os mosquitos picavam até sobre a roupa. Bauaa foi catar bosta seca de camelos e iaques para queimá-la e, com a fumaça, afastar os mosquitos. Num país sem árvores como a Mongólia, os nômades costumam contar com a bosta seca de animais como substituto da lenha no inverno. Quem viaja pelas estepes volta e meia depara com mulheres e crianças carregando grandes cestos nas costas e pás de madeira nas mãos, singrando os campos à cata de bosta, que arremessam com a pá, sobre a cabeça, para dentro dos cestos. Um dos grandes poemas mongóis, segundo Purevbaatar, falava justamente da nostalgia do cheiro da bosta queimada. Bauaa fez o fogo, e pelo menos por algum tempo os três puderam comer em paz, protegidos pela cortina de fumaça. Entre os insetos rasteiros, havia um que parecia uma enorme barata selvagem, bojuda e sem asas, com uma couraça cinza esverdeada e cauda em forma de anzol, que lembrava um enorme ferrão. Andava desajeitado pelas pedras, como um brinquedo de pilha desgovernado. Subia nas barracas, arranhando o náilon com as patas e fazendo um barulho irritante à noite. O aspecto era dos mais repulsivos, mas Purevbaatar garantia que o bicho era inofensivo. Não sabia o nome. As crianças o chamavam de "helicóptero": "Os chineses chupam o suco que há no interior dele. Comem tudo o que é vivo. Por necessidade, aprenderam ao longo de milênios a conhecer a natureza a fundo e sabem o que podem comer e o que não podem", disse durante o jantar, enquanto sugava o macarrão com carne enlatada.

Seguiram para Khovd de manhã. No passado, muitos chineses viveram na região. Há sinais da colonização chinesa no que restou do muro e dos portões da cidade, além das hortas nos arredores. Os legumes eram cultivados por chineses. Não existe agricultura mongol. Ainda há vários grupos étnicos reunidos em Khovd. Nas ruas, há árvores centenárias plantadas pelos chineses. Por conta disso, a capital do *aimag* é considerada mais agradável do que muitas cidades do oeste. Mas não foi essa a primeira impressão do Ocidental: *Chegamos a Khovd. A cidade é tristíssima e poeirenta. Está nublado, e tudo é cinza e sujo. O fim do mundo. Um favelão no meio da planície, com cheiro de banha de carneiro cozida. É um lugar sinistro. Estão sem eletricidade há quatro dias. As capitais do oeste costumam ser abastecidas pelos russos, e como os mongóis muitas vezes não pagam as contas em dia, de vez em quando também ficam sem luz. No quarto categoria luxo do hotel Buyan, não há água corrente. A cidade está infestada de mosquitos. Acho que o esgoto é ao ar livre, mas Purevbaatar me esclarece que é só um escoamento de água. Tecnologia chinesa. Vamos dormir aqui. Como não tenho nada para fazer, saio pelas ruas em busca de um rosto conhecido. Não sei o que leva Purevbaatar a ter tanta certeza de que não o encontraremos nas cidades. O teatro municipal fica em frente ao hotel, na praça central. É um prédio pintado de rosa e branco, com telhado metálico verde. A fachada eclética mais parece parte do cenário babilônico de alguma superprodução do cinema mudo. Vejo de relance um homem que entra por uma porta lateral. E por um instante tenho a impressão de reconhecê-lo. Tento segui-lo, mas quando abro a porta, um velho vestido com um del e usando um chapéu marrom me interrompe a passagem. Não entendo o que ele diz, e ele não entende o que eu digo. Estou afobado, tentando explicar em inglês que preciso ver um homem que acabou de entrar. Tento forçar a passagem, mas ele me empurra para fora, aos gritos, e bate a porta. Algumas pessoas que passam pela praça olham para mim espantadas. Corro até o hotel atrás de Purevbaatar. Convenço-o a ir comigo até o teatro. Mas agora a porta está trancada, e por mais que batamos, já não há ninguém para abri-la. Purevbaatar pergunta se tenho certeza de que o vi. Como posso ter certeza se nem o conheço?*

No dia seguinte, chovia a cântaros. O mau tempo atrasou a saída de Khovd. Só no meio da tarde eles se aproximaram da montanha de Tsambagarav. No caminho, passaram por dois tratores e uma niveladora, parte das obras da "estrada milenar". O projeto, como já dizia o nome, era ambicioso e devia levar muitos anos para ser concluído. O objetivo era ligar a Mongólia de uma ponta a outra, do extremo oeste ao extremo leste, por uma via asfaltada. Seria a segunda grande rodovia asfaltada do país. No diário, o desaparecido fazia menção à outra, que ligava Ulaanbaatar a Darkhan, a segunda maior cidade da Mongólia, construída pelos russos, em 1961, para ser um centro industrial no norte. Ele e Ganbold passaram por Darkhan a caminho do mosteiro de Amarbayasgalant: Vacas, cavalos e carneiros atravessam a estrada, enquanto os carros passam em alta velocidade. Dois cavalos brigam sobre uma ponte, ignorando os carros. Empinam-se e se batem de frente, com as patas dianteiras no ar. O mosteiro fora erguido no início do século XVIII, num vale remoto, pelo imperador manchu Yongzheng, o mesmo tirano cujo processo sucessório tinha atraído a atenção do Ocidental ainda em Pequim, quando visitou o Palácio da Pureza Celestial, na Cidade Proibida. Ficara perplexo com a maneira maquiavélica como o imperador, temendo os golpes de Estado, decidira escolher o seu herdeiro: pondo o nome do escolhido numa caixa atrás do trono, que só deveria ser aberta depois da sua morte. Em Amarbayasgalant também havia um templo dedicado a Narkhajid, o qual, no entanto, passou despercebido ao rapaz, porque na época ele ainda não tinha se interessado pelo mistério da deusa, ainda não havia passado por Erdene Zuu ou visitado Narkhajid Süm, e não podia ligar uma coisa à outra.

Antes da subida para Tsambagarav, um vale espetacular se descortinou do alto da pista, e a chuva, que tinha amainado, voltou com uma força torrencial. Foram obrigados a buscar abrigo com a primeira família de nômades que avistaram. Com a chuva e a altitude, fazia um frio do cão. A família de nômades estava toda reunida dentro da primeira iurta, na entrada do vale. Estavam sentados em volta do fogareiro. O chefe do clã era um sujeito simpático. Usava um *del* azul e um chapéu redondo, de feltro cinza. Além dele e da mulher, havia uma velha, outro casal mais jovem, um menino adolescente e três meninas pequenas. Os adultos vestiam *dels*, assim como a menor, que não devia ter mais que dois anos. O Ocidental não entendia direito quem era filho de quem.

São um modelo da hospitalidade mongol. São generosos e prestativos. Têm a pele escura. No vale, vimos outros nômades bem mais claros do que os mongóis. Havia uma criança loura que corria debaixo da chuva. Purevbaatar diz que é a influência cazaque. Quando perguntamos sobre os cazaques, o chefe do clã e sua mulher deixam claro, entre sorrisos e eufemismos, que não se entendem com eles. Ficam envergonhados. Queremos saber de Baitolda. Eles dizem que há cazaques ao pé da geleira e que de vez em quando, no inverno, aparece um falcoeiro na região. Quando a chuva cede, decidimos seguir viagem montanha acima. Continuamos até o pé da geleira. Estamos a três mil metros de altitude. Começa a cair uma chuva gelada. Só há duas famílias acampadas no platô. Purevbaatar logo me diz que não são cazaques. As iurtas cazaques são maiores e mais altas do que as mongóis, além de serem muito mais coloridas e decoradas por dentro. Purevbaatar propõe armarmos as barracas antes do anoitecer, mesmo debaixo da chuva de gelo, e depois visitarmos as iurtas à procura de Baitolda ou de alguma pista que nos leve até ele. Já são sete da noite. Teremos que dormir aqui mesmo. As nuvens negras deixam tudo escuro. Venta muito. Há neve a duzentos metros. Começamos a nossa turnê depois de armar as barracas a muito custo. A primeira iurta que visi-

tamos fica a uns quinhentos metros seguindo o riacho. Bauaa nos leva até lá de jipe. Não deixa de ser mais uma oportunidade para comer, embora ele já tenha se empanturrado com a família de nômades no vale. Quando entramos, só há mulheres e crianças. À exceção dos meninos, não há homens. Fico pensando se não será a iurta de uma daquelas mães solteiras de que Ganbold tinha me falado em Ulaanbaatar e que ele e o desaparecido visitaram a caminho do Gobi do sul. A dona da casa tem cara de brasileira. É gorda, morena, e não tem os olhos puxados dos outros. É uma mulher forte, sorridente e calorosa. Diz que os homens saíram há dias e ainda não voltaram. Tem um sobrinho que estuda economia em Londres. Ela nos mostra a foto, que fica exposta no altar no fundo da iurta, junto com outros retratos de família. Entre as crianças, há duas estrábicas e uma moça com jeito de quem tem síndrome de Down. Jantamos com eles. A dona da casa diz que há um cazaque hospedado com a outra família. Está de passagem. Chegou hoje. Quando Purevbaatar me traduz o que ela disse, logo fico impaciente por encontrar o viajante. Nos despedimos depois de uma hora. Do lado de fora, parece o pólo norte. A ventania açoita a iurta, e a chuva se congela nas superfícies. Bauaa nos leva até a outra iurta, mais próxima da geleira.

Quando entramos, estão reunidos em volta do fogareiro. Para minha decepção, o hóspede cazaque não é Baitolda. Está com a mulher e a filha. São mais brancos do que a família mongol e não parecem muito saudáveis. Têm os cabelos claros, acinzentados. Um dos anfitriões não pára de brincar e implicar com eles. A família mongol se diverte às custas dos hóspedes. O homem cazaque é alto e magro. Tem uma expressão indecifrável, entre o burro e o calado. Não dá para saber se o seu silêncio é resultado de uma ironia bem-humorada, de uma posição defensiva em relação às chacotas de que são alvo, ele, a mulher e a filha, ou simplesmente de falta *do que dizer. Não dá para saber se falam mongol. O anfitrião continua a amolá-lo, a fazer troça, mas ele não reage. A mulher cazaque tem uma cara desconfiada e submissa. Uma expressão em que às vezes suspeito distinguir laivos dissimulados de maldade. A menina, toda encasacada, com um gorro vermelho enfiado na cabeça, sempre agarrada à mãe, tem um não-sei-quê de doente. É muito pálida e tem jeito de deficiente mental. Perguntamos sobre Baitolda, e pela primeira vez o cazaque abre a boca. Baitolda é famoso na região. O cazaque diz que, na última vez que o viu, ele estava entre os lagos de Tolbo e Döröo. Não faz muito tempo. Purevbaatar me diz que não é longe. Nem ele nem Bauaa querem ir embora da iurta no meio da tempestade. Pelo menos aqui estamos aquecidos. Na verdade, o interior da iurta é uma fornalha. Tomamos chá e fazemos hora antes de sair. Vamos ter que dormir debaixo da chuva de gelo. O vento uiva pela montanha. Quanto menos tempo passarmos à mercê da tempestade, dentro das nossas barracas, melhor. Menos chances teremos de morrer de frio.*

Já não chovia quando o Ocidental acordou. Estava com a bexiga estourando. Não teve coragem de se levantar durante a noite. Mal tinha podido se mexer dentro do saco de dormir, de tanto frio. Agora, dava para ver o platô entre os picos nevados, por onde passava o riacho. Antes do café, subiu uma colina coberta de neve em frente à geleira, à procura de um canto com alguma privacidade. No caminho de volta, passou por um rebanho de ovelhas e cabras, que pastavam entre faixas de neve, e viu ao longe um nômade a cavalo que vinha na sua direção. O cavaleiro apeou a trezentos metros do Ocidental e se deitou de lado no chão, com a cabeça apoiada no cotovelo, refestelado na relva gelada. A cena era surreal. O comportamento não condizia com as condições meteorológicas, para dizer o mínimo. O cavaleiro acenava para ele. O Ocidental reconheceu o mongol que fizera chacota do hóspede cazaque na véspera. Tinha um jeito bonachão. Queria que o estrangeiro se aproximasse, mas este acenou de volta e continuou a descer a colina, fazendo-se de desentendido.

No caminho para o lago de Tolbo, avistaram uma iurta cazaque e pararam para pedir informações. Eram falcoeiros. Os cazaques eram ariscos, ao contrário dos mongóis, que metiam a cara dentro do jipe, sempre que Bauaa parava para lhes perguntar a direção, e ficavam debruçados nas janelas, de conversa fiada ou sem dizer nada, curiosos pelo que podia haver lá dentro, e sobretudo depois de terem percebido um estrangeiro no banco de trás. Em geral, não se misturavam com os mongóis, e a única coisa que sabiam dizer em mongol era *mitgüi* ("eu não sei"), às vezes antes mesmo de terem tempo de ouvir a pergunta. Costumavam ouvir, pensar um pouco, sorrir sem graça e responder: "Mitgüi". Aquilo tirava Purevbaatar do sério. De acordo com o guia, os que conseguiam falar mongol tinham um sotaque que os tornava incompreensíveis. Estava claro que não gostava deles. Desde que entraram em território cazaque, tinha mudado de comportamento, ficando mais desconfiado e silencioso. Por volta de cento e cinqüenta mil cazaques viviam na Mongólia. Algumas famílias migraram nos anos 50 e 60, incentivadas pelo governo mongol, mas a maioria já freqüentava a região dos montes Altai fazia séculos. Era comum dizer que os cazaques da Mongólia preservavam tradições havia muito esquecidas ou desaparecidas do Cazaquistão aculturado. Diferentemente dos mongóis, os dois falcoeiros cazaques tinham os olhos redondos e cor de caramelo. No terreno enlameado atrás da iurta, uma águia estava encapuzada, amarrada a um toco de madeira. Antes mesmo de serem convidados a entrar, Bauaa desceu do jipe e se adiantou, não deixando aos cazaques outra escolha. O interior da iurta era um festival de cores e tecidos estampados. O forro era de listras verdes e vermelhas. As paredes estavam cobertas de tapetes com motivos geométricos vermelhos, verdes, azuis, amarelos, pretos etc. Não havia um milímetro que não tivesse sido decorado. À direita de quem entrava, havia uma cama pequena, quase um berço, com um dossel de onde pendia uma franja de tecido vermelho e verde bordado com enfeites dourados e azuis. Uma velha estava sentada na cama, com um bebê no colo. Ele segurava um enorme carro de plástico verde com vidro fumê. A velha tinha a cabeça coberta por um lenço branco, que formava uma espécie de barrete, como o fez de um califa, do qual pendia um pano que circundava seu rosto como se fosse uma barba branca. Os cazaques são muçulmanos sunitas, mas parecem ciganos. Uma mulher muito morena, com um lenço rosa-shocking na cabeça e cara de índia guatemalteca (a decoração também lembrava os padrões do artesanato guatemalteco), estava sentada no chão, ao lado do fogareiro no centro da iurta. Além do bebê, havia três meninas e um menino triste. As meninas eram muito vivas. Duas delas tinham a pele clara, sardenta, e os cabelos cinzentos. As crianças ficaram excitadas com a presença do Ocidental. Ao contrário dos dois homens do lado de fora, provavelmente seu marido e o cunhado, a mulher também estava encantada de receber um estrangeiro. Mostrou várias polaróides feitas com japoneses e húngaros que tinham passado por ali. Não dava para saber se eram turistas, antropólogos ou assistentes sociais. Queria fotos da família com o Ocidental. Queria lembranças do Ocidente. Os dois homens, como vigias de pé ao lado da porta, não diziam nada. *Não conseguimos nos fazer entender. Finalmente, quando ouvem o nome de Baitolda, o rosto deles se ilumina. Dizem que poderemos encontrá-lo no seu pouso estival, nos arredores de Olon Nuur. Dizem que podem nos levar até lá por dinheiro. Purevbaatar diz que*

precisamos ir. Está furioso. Me diz que não agüenta os cazaques,
que são todos uns safados. Vamos embora.

Tolbo é um vilarejo miserável nos arredores de um grande
lago de água doce. Há tantos mosquitos, que parece natural não
terem construído as casas às margens do lago. Ficam um pouco
mais afastadas, na planície árida. Dá para ver de longe que é um
vilarejo cazaque. As construções são de adobe e pedra, e há uma
pequena mesquita caiada, com o domo e a cúpula de dois mina-
retes baixos pintados de azul-claro. À distância, o vilarejo parece
um paliteiro, um aglomerado de barracos espetado por postes de
madeira tortos e interligados por fios bambos de eletricidade.
Tolbo foi cenário de uma batalha decisiva e sangrenta entre os
Russos Brancos, que lutavam pela monarquia czarista, e os bolcheviques, aos quais se aliaram os mongóis em 1921. No vilarejo,
disseram que Baitolda vivia a trinta quilômetros ao sul. Quando já
tinham rodado mais de vinte quilômetros, Purevbaatar, Bauaa e
o Ocidental cruzaram com dois homens a cavalo e pararam para
pedir informações. Por coincidência, um deles era filho de Baitolda e se ofereceu para levá-los até a casa do pai. Enquanto ele
galopava na frente do jipe, Purevbaatar virou-se para o Ocidental
no banco de trás e disse: "Querem dinheiro".

É uma casa de madeira e adobe. Fica no meio da planície,
defronte de um pequeno lago. Bauaa permanece no carro. A família
está toda reunida. A nora de Baitolda nos recebe com tigelas de chá
com leite. O outro cavaleiro que encontramos no caminho, com o
filho de Baitolda, é irmão dela. Quatro crianças não tiram os olhos
de mim. Num dos cantos, no fundo da casa, que consiste num único
ambiente, à maneira de uma iurta, há uma cama de metal onde
repousa um volume alto, debaixo de cobertas e peles. São onze da

manhã. Ouvimos alguém tossir debaixo das cobertas, que se mexem. O velho caçador percebe a presença de visitantes e se levanta. Alguém continua a tossir debaixo das cobertas. Só então vemos o rostinho enrugado da mulher de Baitolda, que de tão pequena somente de vez em quando surge entre as ondas de cobertas e peles. Tosse muito. A neta pequena se aboleta na cabeceira da cama e passa a acariciar a testa da velhinha, tentando aliviar o sofrimento da avó, enquanto Baitolda, depois de vestir um capote preto e pôr o típico barrete caza-que, com seus motivos bordados, recebe uma tigela de leite da nora e senta próximo ao fogareiro. Também é pequeno. Tem os olhos claros e os cabelos brancos, raspados. O bigode e o cavanhaque, ralos e brancos, descem até o peito. Ele começa a falar sobre águias e o seu ofício. Tem oitenta e um anos e é considerado um grande caçador. Não reconheceu Purevbaatar (ou pelo menos não o demonstrou). Purevbaatar, por sua vez, tem dificuldade de entendê-lo e de traduzir o que o velho diz. Baitolda me toma por um turista interessado nos falcoeiros cazaques. Mostra a página de uma revista de turismo coreana em que há uma matéria sobre ele, com belas fotos, no inverno. Diz que o jornalista que escreveu o artigo é um fotógrafo muito conhecido no mundo inteiro. Diz que, graças ao fotógrafo, ele também ficou conhecido no mundo inteiro. Na parede tem um car-taz com o retrato oficial do presidente mongol. Pergunta se posso fazer uma foto dele igual àquela. Digo que não. Pergunta se queremos ver sua águia e, antes de podermos responder, já se levantou, pegou alguns apetrechos (o pequeno capuz, uma corda e a braçadeira de couro) e nos conduziu até a porta. Saímos da casa e caminhamos até o pequeno lago, que fica nos fundos. A família inteira nos acompa-nha, menos a velha de cama. Baitolda nos diz que a casa é seu pouso de verão; no inverno, sobe para as montanhas. Diz que caça desde pequeno. Não perguntamos nada. Diz que o primeiro passo é pegar a águia ainda filhote, no ninho. É um aprendizado difícil. É preciso *educar a águia. A partir de quinze anos, ela já pode ser devolvida à natureza. Uma águia vive em média vinte, trinta anos. Normalmente, fica presa, com capuz, ao lado da casa. Pode atacar as crianças e o rebanho. Para educá-la, o falcoeiro a amarra e vai dando corda aos poucos. O mais importante para a águia é a comida. Você vai alimentando a águia até ela aprender que é ali, com o seu mestre, que deve comer, diz o falcoeiro. Todo o clima é muito estranho. Vejo o filho de Baitolda conversando com Purevbaatar, mas não percebo o que é. A águia está presa à beira do lago, pousada sobre uma pedra. Em volta dela, há sangue e penugem branca por toda parte. São os restos de um coelho. A águia levanta a cabeça e nos olha de lado quando nos aproximamos. De repente, o velho pára de falar e olha para o filho. Tudo muito discretamente. E diz que não pode pegar a águia no braço, como pretendia, para que pudéssemos fotografá-los. Diz que a águia está comendo e vai ficar brava. Não vai dar para pôr o capuz nela. Não pedimos nada, mas a mudança é estranha e repentina, como se só agora ele se desse conta de que a águia estava comendo. Purevbaatar aproveita para perguntar o que realmente queremos saber. Olhando de vez em quando para o filho, Baitolda diz que nunca recebeu manuscrito nenhum de monge nenhum. Nunca salvou monge nenhum. Diz que nunca tinha dito a ninguém nada nesse sentido. Purevbaatar lhe fala do desaparecido e pergunta se ele se lembra do brasileiro que passou com ele por Tsambagarav faz seis meses, mas o falcoeiro também não se lembra de nada. Purevbaatar fica vermelho. Acho que vai explodir de raiva. Só quando estamos nos despedindo é que Baitolda por fim diz que, no último inverno, um estrangeiro passou sozinho, a cavalo, na direção de Döröo Nuur, pouco antes de uma nevasca.*

A frase foi suficiente para envenenar ainda mais a relação já delicada entre o guia e o Ocidental, como se o falcoeiro tivesse percebido o ponto fraco dos dois e se aproveitado para jogar um contra o outro. Purevbaatar entrou no jipe, irritado, xingando o velho cazaque e dizendo que só lhes restava continuar até Ölgiy. Mas agora, graças à frase de Baitolda, o Ocidental insistia em seguir para o sul, para Döröo Nuur, numa última tentativa de encontrar o desaparecido. "Você não está entendendo", rebateu Purevbaatar. "Tudo o que o velho disse é mentira. Faz seis meses que estivemos com ele nas montanhas. De certo modo, foi ele o responsável por tudo, foi ele quem nos disse, sem dar nenhuma outra precisão, que já tínhamos passado pelo local onde Narkhajid teria aparecido para o lama em 1937. E agora diz que não sabe de nada. É um mentiroso. Diz que não se lembra de nada e de repente se lembra de um estrangeiro solitário, a cavalo, na direção de Döröo Nuur! Ele diz qualquer coisa. Você não percebeu o que estava acontecendo?"

Sem que o Ocidental tivesse se dado conta, quando encontraram o filho de Baitolda no caminho, o rapaz pediu dinheiro para guiá-los até o pai e Purevbaatar lhe respondeu: "Isso é o que nós vamos ver". Havia uma diferença irremediável entre mongóis e cazaques, especialmente quando o mongol era Purevbaatar. Não se entendiam e não falavam a mesma língua. Embora o clima tivesse lhe parecido um pouco estranho, o Ocidental não chegou a perceber o grau de animosidade durante a visita ao falcoeiro. No fundo, tudo era um jogo armado para turistas. Por isso, ao acordar e deparar com um estrangeiro, já acostumado com aquele tipo de curiosos, o velho começara a falar naturalmente do seu ofício, sem que ninguém tivesse lhe perguntado coisa nenhuma. Por isso, em seguida os levou para ver a águia. Antes de colocar a braçadeira de couro e de pôr o capuz no pássaro, porém, tinha esperado o sinal do filho, cujo papel era negociar o pagamento com os visitantes, fazer o trabalho sujo. Sem que o Ocidental tivesse entendido, quando o filho pediu dinheiro a Purevbaatar pela segunda vez, o guia já não conseguiu se controlar e fez o sinal de "foda-se", que na Mongólia é representado pelo polegar entre o indicador e o dedo médio, como uma figa. E foi o que bastou para o falcoeiro dizer que não podia pegar a águia no braço.

Quando Purevbaatar contou o que tinha se passado, o Ocidental enlouqueceu de vez. Na cabeça dele, o guia tinha estragado tudo por um capricho. "Eu teria pagado. É você que não está entendendo nada. Estamos procurando uma pessoa. Posso pagar o que for para encontrá-la. Já gastei uma nota com o que você me pediu para fazer esta viagem. Não me custa nada dar mais uns trocados a um velho falcoeiro. Você está sendo pago para me ajudar, e não para estragar tudo, por uma tolice, por simples orgulho. Bastava pagar para o velho falar. Talvez, se eu tivesse contratado um guia cazaque, em vez de um mongol, já tivesse encontrado o que procuro", disse o Ocidental.

"Quem continua sem entender é você. Nós pagamos há seis meses, quando o encontramos pela primeira vez. Você podia pagar o que fosse, todo o dinheiro do mundo, muito mais do que me pagou, e receberia em troca um monte de mentiras. E, para completar, essa história de Döröo Nuur! Se, quando ele desapareceu, achava que tínhamos passado sem perceber pelo lugar em que o lama teve a visão em 1937, se estava querendo refazer o caminho que já tínhamos feito, voltar sobre os nossos próprios passos, é lógico que nunca iria para Döröo Nuur. Simplesmente porque não tínhamos passado por lá! É você quem manda. Vamos sair do nosso caminho por causa de uma mentira sem pé nem cabeça", rebateu Purevbaatar, ofendido, antes de dizer a Bauaa, pelo pouco que o Ocidental pôde entender, que seguisse para Döröo Nuur.

Não se falaram mais até o final da tarde. Döröo Nuur era um lago estranho, aninhado entre colinas de estepe e picos nevados ao longe, e separado em dois por uma restinga natural em curva. De um lado era de água salobra. E do outro, de água doce. Bandos de gaivotas alçaram vôo das margens com a chegada do jipe. De repente, começou a ventar muito. E a superfície calma logo ficou encapelada. As gaivotas voavam contra o vento. Nuvens de tempestade se aproximavam das montanhas. Pela primeira vez desde que discutiram ao sair da casa de Baitolda, Purevbaatar se dirigiu ao Ocidental e disse que, já que teriam de dormir ali, o melhor era achar de uma vez um canto protegido do vento e armar as barracas antes da tempestade. Acamparam num local relativamente abrigado, atrás de uma colina. O vendaval começou às seis da tarde. Uma chuva torrencial se abateu sobre o lago. Bauaa e Purevbaatar se refugiaram no jipe, e o Ocidental se fechou na barraca. Durante duas horas, com auxílio da lanterna, ele tentou ler o diário do desaparecido, achando que mais cedo ou mais tarde seria carregado pelo vento. Entre os trechos que conseguiu decifrar, havia um que falava da falta de privacidade entre os nômades: A Mongólia é um país pouquíssimo povoado, mas há sempre alguém por perto. Por mais ermo que seja o lugar, por mais distante, há sempre uma iurta num canto de um vale. Sempre alguém vem visitá-lo e ver sua barraca no meio do deserto, na estepe ou no alto de uma montanha. Há curiosos por toda parte. Há sempre alguém que enfia a cabeça no seu carro para ver o que tem dentro, quando você pára em algum lugar para pedir informações. Ninguém nunca está em paz na Mongólia. Haverá sempre alguém querendo saber quem você é, de onde veio, o que quer, o que tem a oferecer. Em geral, são pessoas simpáticas e generosas, mas também há os bêbados. Não há privacidade na Mongólia. Hoje cedo, duas meninas vieram nos trazer chá e leite para o café-da-manhã. Parece que você está no meio da natureza, finalmente isolado, mas não está. A natureza na

Mongólia é habitada, por mais rarefeita que seja essa ocupação. Ganbold diz que aos sábados e às terças os nômades não levam coisas para fora de casa, não dão presentes nem comida fora de casa, porque traz má sorte. O leite e o chá de hoje de manhã foram uma exceção. Logo em seguida, veio um menino, se desculpando de que a mãe não o deixou trazer a manteiga, porque não era "um bom dia".

A chuva começou a ceder por volta das nove da noite. Quando o Ocidental saiu da barraca, ainda chuviscava e o céu estava negro, embora o sol só se pusesse às onze. Tentando diminuir o mal-estar, Purevbaatar serviu um copo de vodca ao seu cliente, antes do jantar, e disse, sem mais nem menos, enquanto bebiam e comiam damascos secos de uma vasilha que ele tinha posto na relva: "Não existem homossexuais na Mongólia". A frase não fazia sentido. Muito menos ali, fora de contexto. Purevbaatar esperou a reação do Ocidental, a quem só restava revidar o olhar do guia com ares de perplexidade, e arrematou: "Talvez em Ulaanbaatar, escondidos — os jornais falam de uns escândalos de vez em quando —, mas no campo, nunca. Até há pouco tempo, nunca tínhamos ouvido falar de nada parecido. Antes de eu ter contato com ocidentais, não podia imaginar que isso existisse".

O Ocidental continuava sem entender, quando de repente tiveram uma espécie de visão. Avistaram um vulto subindo a colina na direção deles. Vinha a cavalo. À distância, no lusco-fusco do final da tempestade, era um cavaleiro com quatro pernas. As pernas balançavam. Só quando chegou mais perto é que eles entenderam que o homenzarrão cobria a figura do filho pequeno na garupa. Duas das pernas eram do menino escondido atrás da massa física do pai. Era uma espécie de ogro, lembrava o assistente do doutor Frankenstein. Era um homem estranho. Vestia um casacão e um tipo de boné muito comum entre os cazaques. Metia medo. Chamava-se Kuidabergen. Depois das perguntas costumeiras e de alguma hesitação, aceitou o convite de Purevbaatar, refestelou-se no chão e, com o filho a seu lado, acabou em alguns minutos com todos os damascos.

É um tipo estranho, que me devora com os olhos e aponta para mim enquanto diz coisas a Purevbaatar, aliás, como costumam fazer os nômades mongóis. Tem o rosto redondo e achatado, a cabeça completamente raspada, os olhos redondos e as orelhas deformadas. Aparenta uns quarenta e tantos anos, se não cinqüenta, mas pode ser bem mais jovem. O filho fica encantado quando Purevbaatar abre o mapa de Bayan-Ölgiy no chão para lhes mostrar nosso percurso até aqui. O Ogro nos convida a passar a noite em sua casa. Diz que não podemos dormir acampados debaixo de chuva e que vai voltar a chover. Quer entrar na minha barraca para ver como é lá dentro. Mas Purevbaatar o impede a tempo, quando já está curvado diante da porta, abrindo o zíper. Fica contrariado. De todo modo, não caberia na barraca. Pergunta se sou fotógrafo. Purevbaatar diz que não. O Ogro fica desapontado. Pergunta se somos geólogos e se estamos à procura de ouro. Continua a me olhar, vidrado. Quer saber por força de onde venho. Diz que sou o primeiro estrangeiro a passar por aqui desde o fim do inverno. Quando Purevbaatar lhe diz que sou brasileiro, ele olha bem para a minha cara, como se desconfiasse. Antes de ir embora, insiste em nos convidar mais uma vez. Em vão. Diz que vamos morrer de frio nas barracas. Explica onde fica sua casa, atrás de outra colina, no caso de mudarmos de idéia. De qualquer jeito, quer que o visitemos de manhã. Pede para levarmos um galão de água. Depois vai embora a pé, coxo. Cedeu o cavalo ao filho. Não deixa de ser comovente a figura de um ogro manco, caminhando pelos campos,

subindo as colinas, com seu casacão de veludo e seu boné, enquanto
o menino segue na frente, a cavalo.

"Você nunca deve confiar nos cazaques. São todos uns mentirosos", Purevbaatar falou, enquanto preparava o jantar. "Não tenho nada contra eles, contanto que não se metam comigo", prosseguiu, só para voltar ao assunto que tinha interrompido com a chegada do Ogro. "A mesma coisa em relação aos homossexuais."

O Ocidental ouvia em silêncio. Lembrou-se de Ayush.

"Não existem homossexuais na Mongólia", repetiu o guia. "E daí que eu não ia traduzir para o meu cliente a história que o velho falcoeiro contava. Era só uma maneira de me humilhar, porque sou mongol e Baitolda é cazaque, você entende?"

"Não", respondeu o Ocidental, começando a se irritar, mas ao mesmo tempo muito interessado no que parecia o início de uma revelação.

"Quando encontramos Baitolda no inverno passado, ele nos disse não só que já tínhamos passado pelo lugar que estávamos procurando, pelo lugar onde o velho monge teria tido a porra da visão em 1937, mas também que quem o guiava na sua fuga para fora da Mongólia não era uma monja, como a gente pensava, e sim um jovem lama, que o velho teria iniciado. Segundo a versão absurda, inverossímil, desrespeitosa e inconseqüente do falcoeiro cazaque, o velho lama andava com um rapaz e não com uma moça. Sem querer ofendê-lo, será que você não percebe o que o filho-da-puta estava insinuando? Estava nos contando aquela história sem pé nem cabeça só por provocação! É lógico que eu não podia traduzir aquilo, porque era isso que o filho-da-puta queria, você entende? Ele queria me humilhar, insinuar coisas, ofender o meu cliente. E, além do mais, era mentira. Você viu hoje. Ele fingiu que nunca tinha me visto. Disse que nunca tinha ouvido falar de nenhum caderno secreto nem de nenhuma história de monge budista nenhum."

"Nós não pagamos o que ele queria. E é natural que tenha ficado com medo de falar quando soube do desaparecimento de um turista estrangeiro", disse o Ocidental.

"É um velhaco. É o que ele é. Nunca viu nenhum caderno secreto. E já nem tenho certeza de que alguma vez tenha havido algum caderno secreto. Quando pagamos, ele nos enganou. Pagamos para sermos ludibriados. E ainda aproveitou para insinuar coisas sobre mim e o meu cliente. Só quero que você entenda as minhas razões. Na hora, eu não podia traduzir o que o velho falcoeiro contava. Ele só queria nos humilhar. Porque sou mongol. Não podia traduzir que já tínhamos passado, sem perceber, pelo lugar da visão, que era o que o velho estava dizendo. Nem que o monge era guiado por um rapaz e não por uma moça. Porque era só o que ele queria: além de me desautorizar aos olhos do meu cliente, nos chamava de homossexuais." E depois de uma pausa, mudando de tom, como quem põe o rabo entre as pernas: "E, para completar, eu também posso não ter entendido tudo o que ele estava dizendo. Esses filhos-da-puta não sabem nem falar mongol".

Purevbaatar já estava um pouco bêbado, e ia se irritando cada vez mais com as próprias palavras: "Você quer saber mesmo o que ele disse? Disse que a visão do velho lama na realidade era a imagem da deusa — Narkhajid, não é? — que o jovem monge trazia tatuada no próprio sexo. Dá para imaginar? O falcoeiro disse que o jovem lama ficou nu para o mestre que havia abusado dele no passado e que o velho teve um choque do qual nunca se recuperou ao ver a imagem de Narkhajid tatuada no sexo do moço, como um demônio. Como é que você queria que eu traduzisse isso? E, depois, como é que ele podia saber o que estava escrito no caderno que Ayush lhe entregara se nem lia tibetano? O próprio Ayush nos disse que não tinha decifrado o manuscrito, não disse? E além do mais nem sabia o nome do cazaque que o tinha salvado do acidente. Podia não ser Baitolda. Decidi preservar o meu cliente. Só fui lhe contar o que tinha dito o falcoeiro quando já estávamos em Ölgiy. E foi aí que nós nos desentendemos. Porque agora ele queria saber à força onde o velho lama tinha tido a visão, onde tinha visto Narkhajid, ou o monge nu, em 1937, não se conformava, queria falar de novo com Baitolda. Queria falar de novo com Ayush, a qualquer preço. Foi como se de repente, depois de já ter desistido daquela busca insana, quisesse tudo de novo, tudo voltasse a fazer sentido. E, por mais que eu tentasse convencê-lo de que o falcoeiro só mentia e nos humilhava, que não havia lugar nenhum, e possivelmente tampouco tivesse havido alguma vez algum monge ou visão, ele insistia em voltar. Queria falar de novo com o falcoeiro, queria confirmar a história com Ayush, mas era ele que criava a história com as suas perguntas. A história estava na cabeça dele. Será que não percebia? Era ele que levava todo mundo a contar o que ele queria ouvir. Aquilo era uma alucinação. E eu disse que não voltava. Se ele quisesse, que fosse sozinho. E ele foi".

O Ocidental não perdeu tempo: "Então era mentira o que você me contou em Ulaanbaatar. Não foi por terem retido os seus documentos em Ölgiy, quando vocês tentaram tirar uma autorização para continuar até Tavanbogd, que você não o seguiu. Você mentiu sobre terem proibido vocês de sair da cidade. Não foi a polícia. Foi você quem pegou o passaporte dele para impedi-lo de voltar sozinho até Ayush".

Purevbaatar olhou para o Ocidental e deu de ombros.

A mentira de uns é o antídoto para a mentira dos outros, o Ocidental escreveu. E naquela noite, sem conseguir dormir, enquanto o vento sacudia a barraca, leu mais alguns trechos do diário do desaparecido: Hoje é Naadam, a festa nacional. Durante dois dias, 11 e 12 de julho, nômades de todas as partes da Mongólia convergem para as cidades e vilarejos, a cavalo, vestidos com as suas melhores roupas, para assistir aos campeonatos de luta, arco-e-flecha ou às corridas de cavalo, ou participar deles. É uma tradição medieval. A luta é o esporte nacional, e os grandes campeões, os mais fortes, se reúnem no estádio de Ulaanbaatar. O arco-e-flecha é a única modalidade que permite a participação das mulheres. Ganbold me mostra a foto de uma grande campeã, uma mulher parruda que, na falta de patrocínio, emigrou ilegalmente para San Francisco, na Califórnia, e hoje sobrevive mal e porcamente como garçonete de um restaurante chinês. No passado remoto, reza a lenda que uma mulher disfarçada de homem venceu a luta. A humilhação foi tanta, que desde então os homens são obrigados a lutar com o peito nu, para evitar a participação ilícita das mulheres. A corrida de cavalos, por sua vez, é reservada às crianças, por serem os jóqueis mais leves. Chegamos a Karakorum para o primeiro dia do Naadam. Pelo caminho, de manhã cedo, famílias de nômades saem de suas iurtas e seguem a cavalo, em grupos, pelas estepes. Damos carona a uma adolescente que vai para a cidade, para a festa. Está toda arrumada e maquiada. A menina nos diz que quando alguém pega carona tem que cantar uma canção em agradecimento aos seus benfeitores, mas se esquece de cantar quando se despede em Karakorum. Aqui, não há um estádio para a luta, como em UB. O campeonato acontece numa espécie de arena gramada ao ar livre, um espaço delimitado por quatro grandes tendas azuis e brancas, que fazem lembrar as imagens dos concursos medievais, unidas por um círculo de espectadores. Os lutadores se reúnem num canto, confraternizam, fazem a maior onda, se preparam, põem e tiram seus roupões, mas lutar que é bom, nada. São apenas as preliminares. A luta mesmo só começa à tarde, com três duplas simultâneas na arena. Em volta do círculo formado pelo público e pelo júri, há um cinturão de nômades a cavalo, que andam de lá para cá em suas montarias e confraternizam uns com os outros. É um verdadeiro desfile de moda. Algumas amazonas, acompanhando os maridos e os filhos, usam dels confeccionados especialmente para a ocasião, óculos escuros e tranças nos cabelos. Pintam o rosto de branco para esconder a tez escura de quem trabalha ao sol. Fora desse cinturão de cavaleiros, puseram duas mesas de bilhar sobre a grama, e os homens fazem as suas apostas. Mais adiante fica a reta final da corrida de cavalos. A largada fica a trinta quilômetros da cidade. Os cavaleiros são esperados no fim da tarde. O principal do Naadam acontece à margem da competição, entre os espectadores, a maioria montada em seus cavalos, com roupas de festa. Circulam em torno da arena como os habitantes de uma cidade do interior na praça da matriz aos domingos. Como estão a cavalo, esse passeio é um pouco mais brutal que o de pedestres, e às vezes explode a confusão, quando um cavalo morde outro cavalo, ou lhe dá um coice, ou quando os próprios cavaleiros, já bêbados, se engalfinham. É entre esses cavaleiros espectadores que há mais chances de desatar de repente uma briga, um batendo no outro com seu chicote. Os cavalos em volta saem correndo para todos os lados, assim como os pedestres. Há uma violência contida entre os mongóis, que pode se desencadear a qualquer instante. É uma violência louca, uma manifestação da ignorância e da brutalidade que o nomadismo dilui entre as paisagens mais belas do planeta. Existe como em qualquer parte do mundo. Mas diante da placidez das paisagens desérticas, quando a violência irrompe, é uma surpresa. Os estrangeiros também parecem incomodar os jovens mongóis. A abertura do país com a queda do comunismo lhes permitiu confrontar a própria pobreza com a riqueza dos turistas. O olhar direto e persistente nem sempre é de curiosidade, como gostariam os que ainda acreditam no mito do bom selvagem. O confronto com o estrangeiro é também o que revela, pela troça ou pelo interesse do fotógrafo ávido de fotos de homens seminus, de botas e sunguinhas bordadas, atracados uns com os outros, o elemento homossexual latente e inconsciente na luta e em toda a cerimônia que a precede, a começar pela "dança do Garuda", em que o lutador homenageia a figura alada da mitologia oriental, dançando de braços abertos, à imagem de uma ave de rapina, em volta de uma estaca. Ao dar ao que é banal e costumeiro um realce excessivo, não é possível que o olhar do estrangeiro não provoque um sentimento de desconforto e desconfiança, por menor que seja, no mongol observado. Ou será que não percebem nada quando uma quantidade de estrangeiros com suas máquinas fotográficas cerca como insetos os lutadores seminus, que trocam de roupa com uma insistência exibicionista ostensiva? Quando comento com Ganbold que alguma coisa é engraçada, em geral ele não entende do que estou falando, e não acha nenhuma graça. Quando acho alguma coisa estranha, também não percebe a estranheza. Há uma dimensão inconsciente entre os mongóis que é desconcertante, pela evidência com que se revela aos olhos do estrangeiro. Sobretudo no que diz respeito às manifestações sexuais. No budismo, as representações sexuais são ostensivas, mas onde há uma entidade copulando com outra, Ganbold vê uma figura maternal com uma criança no colo. Ainda não entendi bem, mas me parece que essa sublimação está ligada à forte presença da natureza na vida cotidiana dos nômades. No campo, não existe nem homossexualidade nem outras formas desviantes de desejo, simplesmente porque estão dissimuladas e diluídas no contato com a natureza.

E mais adiante: Atravessamos os montes Khangai. Estamos no centro da Mongólia, indo para o sul. A face norte das colinas, que recebe o vento frio da Sibéria, está coberta de florestas. As encostas viradas para o sul, que recebem o ar quente do deserto de Gobi, estão peladas, cobertas de estepe. Paramos para almoçar numa dessas encostas. Ao longe, vemos um camponês e uma criança pastoreando um rebanho. Estendemos a toalha no chão. Ganbold prepara a comida. Quando começamos a almoçar, o camponês e sua filha se aproximam com o rebanho, mas não ousam chegar muito perto. O rebanho passa ao largo. Os dois sentam à beira da pista, a uns trezentos metros colina abaixo, e ficam à espera de um sinal. Ganbold os chama. Ao se aproximar, o homem tira o chapéu. A menina, de maria-chiquinha, tem o cabelo encardido. Nós lhes oferecemos de tudo o que comemos: sopa, pastéis de carne, suco de maçã, e também uma garrafa de plástico vazia. Dou à menina um pacote fechado de biscoito, que ela recebe com as mãos estendidas, sinal da melhor educação e uma forma de expressar gratidão e respeito entre os mongóis, e depois olha para o pai e guarda o pacote no bolso, que fecha com um zíper. O pai sorri. Tem um olhar simpático. É magro. Tem o rosto redondo e enrugado. Está vestido com um _del_ verde, encardido. É gente muito simples e discreta. A menina fica o tempo todo com a mão apoiada na coxa do pai, enquanto ele fala (pouco) com Ganbold e Batnasan, nosso motorista. Na verdade, apenas responde algumas perguntas. A menina não abre a boca. Deve ter no máximo nove anos. De um jeito silencioso, são adoráveis. Terminamos o almoço e começamos a nos preparar para seguir viagem. Os dois continuam sentados, a nos observar timidamente, enquanto recolhemos pratos, talheres e copos. De repente, se levantam e vão embora sem dizer nada, sem se despedir ou agradecer. Quando me dou conta, já estão a uns quinhentos metros, descendo a colina de mãos dadas. O pai vai com a garrafa de plástico vazia dentro de uma bolsa a tiracolo, e a menina, com a mão direita no bolso em que havia guardado o biscoito. Volta e meia, olham para trás, para nós. O homem de chapéu e <u>del</u> e a menina de maria-chiquinha. Me viro para Ganbold, que está derramando água numa vasilha atrás do carro, e digo: "Eles foram embora". E ele me responde, sensibilizado: "Essa gente é incrível. Você viu? Não agradeceram, mas nem precisava". Olho de novo para os dois, que descem a colina, e eles olham para trás, para mim. Entro no carro para enxugar os olhos. Deve ser o cansaço. Vou guardar para sempre a imagem das duas figurinhas descendo para o vale de Ölt, onde no passado o governo explorou uma mina de ouro e hoje os nômades se aglomeram com suas iurtas em torno de um imenso buraco de terra, que ocupa todo o fundo do vale como uma ferida gigantesca aberta na estepe. Todos os dias, os nômades enfiam suas bacias de plástico na água de terra do buraco, na esperança de achar um vestígio de ouro, do que pode ter sobrado, embora não haja mais nada. O camponês nos disse, enquanto a filha pequena se apoiava em seu joelho, que muito raramente alguém ainda encontra um pedacinho de ouro, e que só por isso ainda não foram embora. Descemos a colina, e quando passamos de carro pelos dois, eles nos acenam e sorriem.

O Ocidental se lembrou do Ogro coxo e de seu filho a cavalo. Foi até a página em que as anotações do desaparecido se interrompiam sem nenhuma explicação, com uma descrição da cidade de Ölgiy. Fechou o diário, apagou a lanterna e dormiu.

Durante o café-da-manhã, depois de anunciar que a busca para ele tinha chegado ao fim, que já estava convencido de que só lhes restava seguir até Ölgiy e informar o desaparecimento às autoridades de Ulaanbaatar, o Ocidental insistiu em passar pelo lago para encher o galão de água antes de irem embora, como prometeram ao Ogro na véspera. Não pediu a opinião de Purevbaatar. E, naquela circunstância, tampouco cabia ao guia discutir. Faria a vontade do Ocidental, mesmo a contragosto, buscariam água no lago e levariam o galão cheio até a casa do Ogro.

Não foi fácil encontrá-la. Kuidabergen morava com a família numa casa miserável, de pedra e alvenaria, escondida entre as colinas. Era o seu pouso invernal. Parecia um chiqueiro.

Ao nos ver chegar com a água, Kuidabergen se faz de durão, mas está emocionado. Não achava que viríamos. Vive com a mulher e um bando de filhos. Carrego sozinho o galão, me equilibrando por uma pinguela, um caminho de tábuas sobre a lama, para dentro da casa. Em vez de me ajudar, o Ogro manda um dos filhos pequenos. Acho estranho. No interior, o chão de terra também está coberto de tábuas. Na parede, há uma pele de lobo e penas de mocho, símbolos de honra e status entre os cazaques. Peço a Purevbaatar para lhe dizer que já estamos de saída, temos que chegar a Ölgiy ainda hoje. O Ogro fica aflito, não quer nos deixar partir, faz questão de nos oferecer chá. Não podemos recusar. Seria uma ofensa. A mulher nos serve chá com leite e iogurte e nos diz para sentar no chão. Tudo é sujo, o chão, o leite e o iogurte. Devem se mudar nos próximos dias para o acampamento estival, nas montanhas. Quando o Ogro senta, pela primeira vez deixa-nos ver que não tem o braço direito. É como uma confidência e um sinal de confiança. Diz: "Perdi o braço num acidente. Vivo assim, com as crianças". Só então entendo por que nos pediu que trouxéssemos água do lago, para poupar os filhos, e também por que não me aju-

dou a carregar o galão do jipe até a casa. Estão todos à nossa volta: o menino que vimos ontem a cavalo, uma menina de doze anos que ajuda a mãe na cozinha, uma menina de colo e mais cinco crianças. O Ogro pergunta: "No Brasil, os ricos ajudam os pobres?", e fica me olhando antes de completar: "Você vai fazer uma boa viagem, porque ajudou os pobres". De repente, ouvimos passos do lado de fora, e eu percebo um laivo de excitação na expressão de Kuidabergen. Um homem esfarrapado passa pela janela com um cesto nas costas. Estava no campo. A mulher me oferece mais chá. Peço a Purevbaatar para lhes dizer que estamos de saída. Kuidabergen diz alguma coisa ao menino mais velho, que sai correndo pela porta. Em alguns segundos, ouvimos novos passos chapinhando na lama, e o homem passa de novo pela janela, sem se dar conta da nossa presença no interior da casa. Todos os olhos estão voltados para fora, e quando me viro, também vejo o seu vulto na soleira da porta. É uma sensação estranha. Não era o que eu esperava. Não era o que tinha imaginado. Não era assim que eu o via. Estou há dias sem me ver, há dias sem me olhar no espelho, e, de repente, é como se me visse sujo, magro, barbado, com o cabelo comprido, esfarrapado. Sou eu na porta, fora de mim. É o meu rosto em outro corpo, que se assusta ao nos ver. O jipe do lado de fora podia ser de qualquer um. Temos algo em comum além da aparência, porque, como ele, também demoro a entender o que estou vendo. Mas, ao contrário de mim, ele não me reconhece. Reconhece apenas Purevbaatar. Não sabe quem eu sou, nem que vim buscá-lo. Demoro a entender por que o Ogro tanto insistiu em que viéssemos a sua casa. E, no fundo, por que nos pediu para trazer água quando recusamos seu convite para passar a noite. Quando me volto para o interior da casa, todos os olhos estão sobre mim, à espera de uma reação ou de uma resposta que ainda não posso dar. Só Purevbaatar, boquiaberto, não consegue desviar os *olhos do rapaz que, como um mendigo, continua parado na porta, sem coragem de entrar.* Buruu nomton.

Kuidabergen o havia encontrado na neve, desacordado, e o levara para casa. Estava ferido. Tinha caído e perdido o cavalo. Cuidaram dele. O rapaz não disse uma palavra desde que voltou a si. Assim que recobrou as forças, passou a ajudar no trabalho diário, como voluntário, como se fosse da família. Automaticamente. Não pediu para ir embora. Não pediu nada. Simplesmente não falava. Kuidabergen supunha que ele fosse brasileiro por causa do emblema de metal que havia achado no bolso do casaco, na neve, a bandeira do Brasil, um distintivo idêntico ao que dias antes o Ocidental tinha visto na iurta de Shagdarsouren, com o nome do país embaixo. Um comerciante cazaque, que estava de passagem e arranhava algumas palavras em uma ou duas línguas ocidentais, traduzira o nome para Kuidabergen. De qualquer jeito, não sabiam onde ficava o Brasil. O Ogro esperava ansioso pelo início do verão, quando turistas ocidentais apareciam vez por outra nos arredores de Döröo Nuur. Esperava a chegada de estrangeiros que pudessem levar o rapaz de volta para casa. E só por isso ainda não tinha partido com a família para o acampamento de verão nas montanhas. Para ele, o Ocidental era um enviado de deus.

Na saída, antes de entrarmos no jipe, o Ogro segura o rapaz pela mão e lhe cheira o rosto, como um pai ao se despedir do filho. É um costume da região, sejam cazaques ou mongóis. Depois, para minha surpresa, me chama com a mão, me pede o rosto e também cheira minhas faces.

Ninguém diz nada enquanto sacudimos no jipe até Ölgiy, ao som das músicas folclóricas, marchas militares e hinos políticos da cassete que Bauaa vem tocando desde que saímos de Altai. Cheguei ao meu limite no que diz respeito a essas canções que já conheço de cor. Purevbaatar vai no banco da frente, ao lado de Bauaa. O rapaz está ao meu lado, com os olhos perdidos no horizonte. São horas muito penosas para mim, por razões que ele não pode imaginar. E imagino que para ele também não deve ser fácil. Segundo Kuida-bergen, não falou nem uma palavra, em nenhuma língua, desde que voltou a si.

Ölgiy lembra mais um vilarejo muçulmano da Bósnia ou do Uzbequistão — que eu não conheço mas imagino — do que propriamente uma cidade mongol. Noventa por cento da população não falam a língua do país. É uma cidade cazaque. À exceção das mais jovens, as mulheres andam de lenço na cabeça e vestido até as canelas. Os homens nas ruas usam o barrete cazaque ou um boné do mesmo tipo que o Ogro usava. As roupas das mulheres são muito coloridas, mesmo quando pobres e sujas. De vez em quando, milhafres sobrevoam a cidade. Está tudo caindo aos pedaços. Vamos direto ao aeroporto. Há um vôo amanhã para Ulaanbaatar. O aeroporto está fechado. Vamos à casa do encarregado da companhia aérea. Fica na cidade. É um pequeno palácio para os padrões locais. Uma casa de madeira, com um imenso telhado e janelas no sótão, no meio de um terreno de pedregulhos, cercado por um muro de adobe. As casas cazaques, em geral, são caixotes de adobe caiados, com telhado de toras de madeira coberto de terra e pedras, à maneira de uma laje. Lembram as casas dos índios no deserto do Arizona ou do Novo México. O interior do palácio do encarregado da companhia aérea tem o chão forrado de plástico estampado. Todos os que entram tiram os sapatos. No hall de entrada, a imagem alpina de montanhas nevadas, pinheiros e um riacho cristalino ocupa toda uma parede. O cartaz foi mal colado. Há dobras em vários pontos da paisagem. O encarregado da companhia aérea primeiro manda dizer que está dormindo e depois, por causa da insistência, que saiu e ninguém sabe para onde foi. Se não for com ele, não temos onde comprar os bilhetes. Vamos para o hotel. Está cheio de russos. Não conseguimos um quarto com chuveiro. De qualquer jeito, falta água e luz na cidade. Purevbaatar e Bauaa ficam num quarto. Eu e ele, em outro. Não consigo mais me separar dele. Está sob a minha responsabilidade. Tenho medo de que alguma coisa aconteça. Não o deixo nem um minuto. A água volta no meio da tarde. Aproveito para fazê-lo tomar banho no banheiro coletivo. A água é tão gelada que parece queimar a pele e paralisar o cérebro. Empresto-lhe minhas roupas. Ofereço-lhe a minha bolsa de toalete, e ele mesmo toma a iniciativa de se barbear e aparar o cabelo. Continua sem dizer uma palavra. Purevbaatar passa a tarde tentando comprar nossas passagens para o dia seguinte. Não há nada a fazer em Ölgiy. Teremos que chegar bem cedo ao aeroporto, para garantir nossos lugares no vôo. Jantamos no hotel e nos deitamos cedo. Acordo no meio da noite com alguém esmurrando a nossa porta. Olho para a cama ao lado e me acalmo ao vê-lo dormindo a sono solto, a despeito do barulho. Está exausto. O sujeito desiste de esmurrar a nossa porta e vai bater em outros quartos. Fala alto. Diz coisas em cazaque ou em mongol. Até que uma mulher abre a porta do seu quarto e, muito brava, manda-o embora, ou assim eu imagino pelo diálogo ríspido que se segue no corredor. De repente, volta o silêncio. Meia hora depois, o bêbado já está gritando de novo, desta vez do lado de fora do hotel, debaixo da minha janela. E continua por mais meia hora, até se cansar.

No dia seguinte, Purevbaatar me explica que era um homem apaixonado. Balança a cabeça e diz: "Ah, o amor!". Já não o suporto. Saímos às sete para o aeroporto. Quando chegamos, ainda não há ninguém e o prédio está fechado. Ficamos esperando no jipe. Outros carros começam a chegar, trazendo mais passageiros. Um homem desce de um furgão, aproxima-se do nosso jipe, abre a porta de Bauaa sem pedir licença ou dizer o que quer que seja e se debruça dentro do carro, com o braço apoiado sobre a direção. Depois de uns segundos em silêncio, começam a conversar. Como sempre, há longas pausas em que ninguém diz nada. Os mongóis demoram a revelar o que querem. Enquanto o homem continua na sua conversa mole (ou em silêncio), Bauaa limpa o ouvido com um palito de fósforo, olhando para a frente, como se ignorasse o interlocutor. Finalmente, o homem resolve dizer a que veio: viu a placa do jipe e pede a Bauaa para levar uma carta para Altai. Bauaa pretende voltar para casa assim que embarcarmos. Em agradecimento, o homem vai buscar uma guitarra cazaque no furgão e canta uma canção folclórica.

Para variar, o avião é um Antonov, o indefectível turboélice russo, de quarenta lugares, que nos levou até Altai. Ficamos no fundo. Purevbaatar senta uma fila à nossa frente e dorme praticamente durante toda a viagem. Depois de decolarmos, como já não há o risco de perdê-lo, aproveito para ir ao banheiro. Há cinzas de cigarro na pia. Provavelmente, o co-piloto ou a aeromoça estiveram fumando. Quando volto, ele continua em silêncio, olhando pela janela. Fazemos uma escala em Tosontsengel, no aimag de Zavkhan, a meio caminho de UB. Os mongóis vendem peixes na pista do aeroporto. São taimens, primos siberianos do salmão, peixes enormes de até cinqüenta quilos, conhecidos como as "trutas gigantes da Ásia" ou os "reis dos rios mongóis". Os passageiros aproveitam a escala para comprá-los e trazê-los em sacos plásticos para o avião. O cheiro é pestilencial. Faz um calor terrível na cabine. O primeiro passageiro a voltar da pista com seu peixe debaixo do braço vai raspando o saco furado pelos encostos das poltronas conforme avança para o seu lugar. Vai raspando a cabeça do peixe na *cabeça dos passageiros que não desceram. Estamos sentados ao fundo, eu no corredor, e quando o homem com o peixe entra no avião, sou a primeira vítima. Da janela, ao meu lado, Buruu nomton acompanha toda a cena em silêncio. Nossos olhares se cruzam e, pela primeira vez, ele sorri. Como na primeira e única vez que o vi antes desta viagem, quando ele tinha apenas cinco anos e não podia entender quem eu era nem o que estava fazendo ali. Estamos voltando para casa.*

3. O Rio de Janeiro

Escrevi este texto em sete dias, do dia seguinte ao enterro até ontem à noite, depois de mais de quarenta anos adiando o meu projeto de escritor. A bem dizer, não fiz mais do que transcrever e parafrasear os diários, e a eles acrescentar a minha opinião. A literatura quem faz são os outros. Mas o principal eu só entendi hoje. Peguei um táxi de manhã. Foi a primeira vez em nove dias que pus os pés fora de casa. Fui à missa celebrada a pedido da viúva, embora ele não fosse religioso, nem acreditasse em nada. Faz dez dias que morreu. E nunca, desde que o conheci, tive tão presente na cabeça a sua lembrança. Levei, além dos diários do desaparecido, a pasta verde com as anotações que ele havia deixado sobre a viagem pelos confins da Mongólia. Era a carta que ele tinha escrito para ela, ou para mim, já não sei. Quando cheguei, a missa já tinha começado. A igreja estava lotada. Não conhecia ninguém. Talvez uma ou outra pessoa do Itamaraty. Fiquei no fundo e, em busca de um rosto conhecido, acabei avistando o diplomata que morava em Varsóvia, para quem eu tinha ligado assim que soube do assassinato. Pegou o primeiro avião depois de receber a notícia. E, como eu, também perdeu o enterro. No final da missa, me aproximei dele e o cumprimentei. Me tomou por outra pessoa. Estava transtornado. Pediu desculpas. Fiquei com pena dele, e de mim. E de todos os que precisam se desculpar para exprimir o que sentem. Uma fila se formou para prestar condolências à família. Reconheci a viúva de longe. Sem saber o que dizer, perguntei ao diplomata sobre os pais do morto. Ele olhou para mim, espantado, só então entendendo o pouco que eu sabia, e respondeu com uma ligeira impaciência na voz, como se a minha ignorância fizesse de mim um inconveniente: "A mãe morreu quando ele tinha dezesseis anos. O pai nunca o reconheceu e agora, de qualquer jeito, já está tão velho e doente que não o teria reconhecido nem se quisesse".

Entramos na fila, que avançava muito devagar pelo corredor central. A viúva estava entre um menino e um homem, que a apoiava. O menino devia ser o filho mais velho. Não vi o menor. Posso imaginar o tamanho do trauma. Devem ter decidido poupá-lo. Não devia estar em condições de comparecer à missa. O mais velho era um garoto bonito, com os olhos tristes, que se mantinha firme ao lado da mãe, recebendo os pêsames. Pelos meus cálculos, já devia estar com oito anos. Perguntei ao diplomata quem era o homem do lado direito da viúva.

"É o irmão mais moço dele", respondeu.

"Não sabia que ele tinha irmãos."

"Na verdade, é meio-irmão. Não eram filhos da mesma mãe."

Fiquei cismado, em silêncio. Na China, ele nunca tinha falado de irmão nenhum. Eu estava constrangido de seguir perguntando. A fila avançava, mas ainda estávamos longe. E não tínhamos outro assunto. O constrangimento do silêncio era ainda maior, e acho que foi só por isso que o diplomata continuou a falar, espontaneamente: "Achei que você soubesse. Ele não conhecia o pai. E foi procurá-lo pela primeira vez quando tinha dezesseis anos, para lhe dizer que a mãe tinha morrido. A gente estudava no mesmo colégio. Acho que o pai e a mãe dele tiveram uma relação passageira, mais nada. Ele nunca o tinha visto. Mesmo assim, tomou coragem e foi procurá-lo quando a mãe morreu, porque já não tinha ninguém no mundo. E o pai não o recebeu, é claro. Botou ele para fora do escritório. Nunca mais se viram".

Fiquei pasmo. Não sabia nada do Ocidental, nunca tinha perguntado nada da família dele. O diplomata prosseguiu: "Justo no dia em que ele foi procurar o pai no escritório, o irmão menor, filho da mulher com quem o pai tinha se casado, estava sentado numa poltrona, na sala de espera, ao lado da secretária. Era um menino de cinco anos, que estava desenhando e sorriu para ele quando o viu passar, escorraçado, sem entender que era seu irmão mais velho, nem que estava sendo expulso do escritório pelo pai. Na verdade, só veio a saber que tinha um irmão mais velho há seis anos".

A fila avançava, já estávamos a poucos metros da viúva, e, de repente, quando olhei de novo para o homem que a apoiava à sua direita, senti uma vergonha imensa. Da minha ignorância, da minha insensibilidade, de tudo o que não fiz e de tudo o que não disse a ele enquanto estava vivo. Lembrei do retrato do desaparecido. Senti vergonha de não ter compreendido antes e de não ter pedido desculpas ao Ocidental. Ele tinha me deixado suas anotações de viagem para que eu compreendesse, como uma explicação. A gente só enxerga o que já está preparado para ver. O diplomata continuava falando, mas eu já não ouvia direito o que ele dizia: "Pensei que você soubesse. Achei que também estivesse em Pequim na época. Devo ter me confundido. Não estou no melhor dos meus dias. O fato é que, por uma coincidência espantosa, os dois irmãos só foram se reencontrar vinte anos depois, na Mongólia, veja só. O mundo dá voltas".

Os meus olhos se encheram de lágrimas sem que o diplomata pudesse entender a razão. Afinal, eu mal conhecia o morto. Quando chegou a minha vez na fila, já havia me recomposto. Me apresentei e entreguei a pasta à viúva. Tínhamos nos visto poucas vezes na China. Ele a apoiava, enquanto ela recebia os pêsames. Alguma coisa no rosto ou na expressão daquele homem de fato lembrava o irmão morto. Eu lhe estendi a mão e lhe devolvi os dois diários que ele escrevera antes de desaparecer na Mongólia. Não sei se me reconheceu de Pequim, se entendeu quem eu era. Não faz mal. No táxi, de volta para casa, tentei me convencer que, de alguma maneira, apesar da minha incompreensão e da minha estupidez, sem querer, eu os tinha reunido, sem querer, ao enviar o Ocidental à Mongólia, eu o obrigara a fazer o que devia ser feito.

Agradecimentos

Este livro não seria possível sem as pessoas que me guiaram ao longo de dois meses e cinco mil quilômetros pelo interior da Mongólia, meus intérpretes Ts. Narantuya e G. Alzakhgui e os motoristas T. Tserendolgor e I. Batnasan. A viagem foi financiada com uma bolsa de criação literária da Fundação Oriente, de Lisboa.

1ª EDIÇÃO [2003] 7 reimpressões

ESTA OBRA FOI COMPOSTA POR RITA M. DA COSTA AGUIAR EM ELECTRA
E IMPRESSA PELA GEOGRÁFICA EM OFSETE SOBRE PAPÉL PÓLEN BOLD
DA SUZANO PAPEL E CELULOSE PARA A EDITORA SCHWARCZ
EM JUNHO DE 2017

A marca FSC® é a garantia de que a madeira utilizada na fabricação do papel deste livro provém de florestas que foram gerenciadas de maneira ambientalmente correta, socialmente justa e economicamente viável, além de outras fontes de origem controlada.